•衛斯理小説典藏版 46•

屍變

衛斯理
親自演繹衛斯理

《屍變》

新之又新的序言，最新的

衛斯理小說從第一次出版至今，歷時已近半世紀，總共出了多少正版，還能計得清，若是連盜版一起算，那就算找外星人來算，也算勿清楚哉！不知能不能也算世界紀錄。

算得清好，算勿清也好，能幾十年來不斷出新版，說明不斷有讀者加入，對作者來說，沒有更值得高興的事了，謝謝所有喜歡衛斯理的人，謝謝謝謝。

倪匡

二〇二〇年六月四日 香港

幾句話

寫了四十多年小說，論者將拙作分為三個時期：早、中、晚。在明窗出版的一批，屬於早期和中期的上半。三個時期的創作風格有相當程度的不同，所以風評不一。本人並無偏愛，但讀友對早期的作品，頗有好評，大抵是由於在早、中期作品之中，主要人物精力充沛，活力無窮，所以使故事曲折多變，小說也就格外吸引。明窗出版社此次重新出版這批作品，正好讓大家來證明這一點。

四十餘年來，新舊讀友不絕，若因此而能有新讀友，不亦快哉！

倪匡

二〇〇五年十一月六日

序言

《屍變》用相當恐怖的氣氛，敘述了一個外星人到了地球，混進了地球人之中生活的故事。這個外星人甚至在地球上娶妻生子，他的下一代，在知道了自己竟是外星人和地球人的「雜種」之後，成了「最沒有希望的瘋子」——關於這一點，很多朋友有異議，認為可以使之醒來。最近的一個故事，就作了這樣的安排。鄭保雲這個外星人混血兒，好像沒有多大的能力，比起日後若干年，《電王》這個故事中的兩個外星混血兒來，差之遠矣。

各種不同遭遇，不同性格的外星人，一直是幻想小說的好題材，衛斯理故事中，已經有了很多不同的外星人，將來一定還會有更多不同種類的出現。

另一個故事《湖水》，不很受人注意，但可以看出一個幻想小說寫作人的心路歷程——分明是一個鬼故事，但結果演變成是人在作怪，作者是想直接寫靈魂的存在的，但二十多年前，社會風氣提到靈魂，總斥之為迷信，要經過許多人的提倡說明，到今日，才使人正視靈魂的存在，寫作人也能毫無顧忌表達自己的觀點。

人類的觀點，總算在進步。

衛斯理（倪匡）

一九八六年十一月六日

目錄

屍變

第一部：海上遇險見怪船……11
第二部：化敵為友有事相求……33
第三部：棺材裏伸出手來……53
第四部：來歷不明的奇人……77
第五部：異乎尋常的屍體……101
第六部：一個醫生的意見……119
第七部：保險箱中的寶物……143
第八部：吞吃秘密……161

目錄

湖　水

第一部：借屍還魂……181
第二部：十六年前的事……199
第三部：過去了的大明星……213
第四部：揭破一件謀殺案……229
第五部：誰是兇手……245

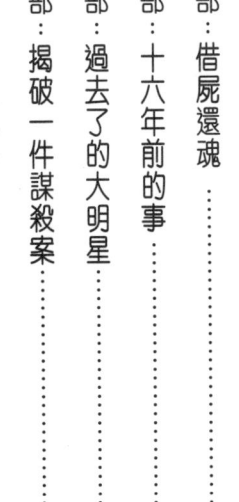

屍變

第一部

海上遇險見怪船

「屍變」是一件令人想起就不寒而慄的怪事，而這樣可怖的事，又和一個曲折的故事連在一起，那自然更引人入勝。在未曾叙述這故事之前，我必須説明幾點。

第一，這是一個很有恐怖意味的故事，但絕不是故作恐怖，聳人聽聞。

第二，屍變的傳説，古今中外都有，也許有人認為屍變和科學扯不上關係。但其實不然，在生物實驗室中，切下了青蛙的大腿，找出牠的神經，用電去刺激它，青蛙的大腿，便會作跳躍的反射，這是任何中學生都知道的常識。而古今中外一切有關屍變的傳説，也和電有關，例如外國的傳説，雷電之夜，屍體會起來行走；中國的傳説是貓在死人身上走過（貓爪磨擦，產生靜電），便會屍變等等，這個故事中發生的屍變，和傳説中的略有不同，後文自有明叙。

第三，這只是一個「故事」，在故事中的一切，如果與某些事實有巧合之處，純屬偶然，再一次聲明：那只是一個故事！

如果這是一個「鬼故事」的話，那麼它的開始，和一般鬼故事卻不同，它不開始在風雨凄迷的午夜，而開始在一個風和日麗，陽光普照的下午。

仲秋時分，我性好活動，自然不肯耽在家中，一早就駕艇外出，駕的是那種有帆的小艇，只有我一個人，那種小艇在出海之後，可以不受任何塵世間的聲音所騷擾，可以使得自己的心靈，真正陶醉在大自然之中。

在中午時分，突然起了一大片烏雲，那一大片烏雲以極高的速度向着我蓋來，我的航海經驗雖然說不上如何豐富，但是一看到這樣的情形，也可以知道天要變了。

最佳的應付辦法，是立即回去。於是我扯起了帆，開始的十五分鐘，還算順利，帆孕足了風，高速行駛，但是接着就颳起了旋風。同時，海面浪濤洶湧，變成了一片暗灰色。

小帆船絕不適合在風浪中行駛，又沒有呼救的設備，旋風猛烈令得風帆被捲去了一半之後，船就開始在海中打起轉來，無法控制。

我只好用力地扳舵，帆艇向西飄去，約莫在半小時之後，我才有了獲救的希望。

我看到遠遠有一艘船的影子，那船還離我十分遠，使我獲得可以得救的信念是，我的帆艇，這時正向着那船飄去。

當我才一發現那一艘船的時候，我只看出那是一艘船，但那究竟是什麼樣的船，我卻看不清楚。

但在又過了二十分鐘之後，那船的輪廓，便已漸漸明朗了，那是一艘古色古香的典型中國帆船！

現在有許多人，喜歡將豪華遊艇的外形，裝飾成中國式帆船，它的桅杆上帆是落下來的，但它仍在前進，速度十分快，我們已漸漸地接近，我開始大叫。

當我開始大叫時，暴雨已然灑下，我全身在半分鐘之內，便已濕透，而烏雲也已遮沒整個天空，當然，波浪更加洶湧了！

我叫了沒有多久，那船上的人便已注意到了我，他們先向我指指點點，接着，便有人冒雨走上甲板，來到船舷上望着我，我的小帆艇距離他們只有七八碼了，我大聲叫道：「我遇險了，請你們救我！」那船上有幾個身形十分粗壯的人，看來像是水手，他們其實不必聽到我的叫喚，也可以知道我遇險了，他們之中的兩個，抬起了一盤纜繩，用力一拋，向我拋了過來，同時叫道：「接住它！」

他們拋出的繩子，繩頭「拍」地一聲，打在我的小帆艇上，我連忙伏下身，將繩子先在我的小帆艇上繞了幾繞，綁住了我的帆艇，那船上那幾個水手在合力拉着，我的小帆艇和那船迅速地接近，終於靠在一起。

我拉着繩子，向上爬去，船上的水手也在叱喝着，替我出力，不消多久，我的雙手已然攀住那艘船的船舷，只消一聳身，就可以上船了。

可是，也就在此際，只見一個人從船艙中走了出來，厲聲喝道：「你們在做什麼？」

當我的雙手一攀上船舷之際，已有五六隻手伸過來拉我，那一下呼喝聲傳了出來，那幾隻伸出來得手，立即縮了回去。

我抬起頭來，首先看到那四五個水手，像是做錯了事的小孩子一樣，一動也不動地站着，雨水灑在他們黝黑的臉上，而他們臉上的神情，都十分尷尬。

我也看到了那個發出極之嚴厲的呼喝聲的人。

那是一個中年人，他穿着一件黑膠雨衣，他的面色，十分蒼白，甚至可以說，是接近灰白色的。他有一張十分瘦削的臉，和一雙比常人來得大而向外凸出的雙眼，是以給人以一種十分陰森之感。

我不知道他是什麼人，但是從他厲聲一喝，那些水手便一點不敢動這一點來看，那人可能是一位十分嚴厲的船長。他那雙眼也正瞪着我，然後，他又大喝了一聲，道：「你們在幹什麼？」

那四五個水手中的一個，戰戰兢兢地道：「我……我們發現了一艘小艇，艇上的人在求救，是以我們拋繩子給他，將他救上船來……」

那水手的話，可以說一點也沒有講錯，可是那傢伙卻像這個水手做了什麼天大的錯事一樣，直衝到了他的面前，「呸」地一聲：「放你的狗屁，你為什麼自作主張，你問過我麼？」

看到那人這樣的態度在責備那水手，我的心中也不禁大是有氣。雖然，那船或者是他的，而我也正要他收留，但是在海上航行的人都知道，搭救在海上遇難的人，實在可以說是一項義不容辭的任務，他實在不必作威作福，我也不必卑躬曲膝。

我雙臂一發力，上半身便已越過了船舷，接着，我再一聳身，便已上了甲板，我大聲道：「先生，水手並沒有做錯什麼，你不必那樣責備他們！」

我的話才一出口，那人倏地轉過身來。我從來也未曾看到一個人的神情如此之緊張，如此之充滿了戒備的神態的，那人這時的體態神情，我實在想不到適當的形容詞來形容他。

我只好用較囉唆的字句來形容他，他那時的情形，就像是我登上船的目的，是來搶他的愛妻一樣，或者，他的神情像是他是一塊極好草地的保護人，而我是一頭闖進草地來的野豬！

他的神態是如此之異特，是以令得我也呆住了！

他一轉過身來之後，雙手緊緊地握着拳，用極其尖銳的聲音叫道：「你是什麼人？你為什麼登上我的船？將他趕下去，你們全站着幹什麼，將他趕下去！」

他最後的幾句話，是呼喝水手將我趕下去的，那幾個水手顯然不想執行他的命令，但是卻又不敢明顯地違反他，是以懶洋洋地向前走來。

這時候，我的心情可想而知：當你不幸在海上遇到風暴，而你所搭乘的又是一艘毫無抵抗風暴能力的小帆艇，那已夠糟糕的了；有幸你遇到了一艘船，可是船上人竟不講理到這種程度，竟要命人將你趕下海去，你會有什麼感覺呢？老實說，我是啼笑皆非的，我盡量抑遏着自己心中的怒意，也盡量使我的聲音聽來心平氣和，我沉聲道：「先生，我遇到了風暴，而你的船正在海中央，我想你不是要看我掉在海中淹死吧！」

那人的橫蠻和不講理到了沒有人性的地步，他揮着手，發瘋也似地跳着，叫着：「那是你的事，而這是我的船，你滾，滾下我的船！」

他的手指直指着大海，他竟要我在那樣的情形下，滾下大海去！

我的一生之中，稀奇古怪的人，見過不知多少，可是我卻還是第一次見到那樣的人，這時候，我心中的怒意反倒沒有了，我只感到好笑！同時，我對那人，也生出了一股憐憫之意來，因為那人的言語和行動，分明證明他是一個心理和神經都有問題的人。

我側過頭去，去問那幾個水手：「船上還有什麼人沒有？難道只有他一個人了麼？」

可是那幾個水手還未及回答我的問題，那人已然向我疾撞了過來，他那一撞，來得突然之極，而且撞擊的力道，也着實不輕！

我被他一撞，甲板上又滑，不由自主，退開了五六步，幾乎就此跌下大海去，可是我立時一躍向前，一伸手便執住了他的衣領！

如果是早幾年，我的脾氣不好的時候，那傢伙一定要飽嘗我的老拳，但現在，我的脾氣畢竟已好了許多了！

所以，我一抓住了那人的胸前衣服，我便想到，那是他的船，我登上他的船，首先是我的不是，他有權不歡喜我。我立時又放開了手：「我必須留在你的船上等暴風過去，我想，你總不致於堅持要我離開你的船的，是不？」

「不行，不行！」那人叫了起來：「絕對不行，你必須立時離開！」

我苦笑了一下，那人實在是不可理喻，而我實在又想不出如何才能使他答應讓我留在他船上。而就在這時侯，我只聽得船艙之內，傳來了一個老婦人的聲音，發了一句話。那老婦人所發的，是中國福建北部山區，一種十分冷門的那人勃然大怒，罵道：「放你的狗屁，你當我是什麼人？我叫鄭保雲，你將我當作什麼人了？」

我陡地一呆，抓住他手腕的手，也不由自主鬆了開來。那被我當作是神經漢，一定要將我趕下海去，不許我在他船上的人，竟然是鄭保雲！

鄭保雲的本身，或者還不十分出名，但是他的父親，卻是舉世聞名，他父親在亞洲各地，經營着好幾項事業，全是這幾項事業的頂峰人物，他的父親是世界著名的富翁之一，那是絕無疑問的事情。當然，創業的老頭子已經死了，現在的富翁，正是我眼前那面色蒼白的人：鄭保雲！

我對於鄭保雲這個人，並不是十分熟悉，但是卻聽説過不少有關他的傳説，據説他從小就被送到美國去讀書，他讀書的成績非常好，有好幾個博士的頭銜，在他父親過世之後，他就接管了他父親的一切事業。我所知道的，只不過如此而已。

如果他是鄭保雲的話，那麼在他的船上，見不得人的東西，自然不是什麼私貨，而是另有別情。

我鬆開了他的手，他還在喘着氣發怒，我沉聲道：「對不起，鄭先生，我聽過你的名字，我也絕不願追究在你船上，見不得人的東西是什麼，我只不過想避過這一場風雨而已！」鄭保雲當我提到「見不得人的東西」之際，他面上的神色又變了一變。

鄭保雲道：「你不能在我的船上，你回你自己的小艇去，那小艇既然附在我的船上，那就絕不會翻轉，這是我最大的容忍了！」

這時候，風雨正劇，而我的小帆艇上，根本沒有什麼可以遮掩的東西！比起要趕我下海，雖然好些，但是卻也好不了多少。

我忙道：「那個——」

可是我才講了兩個字，鄭保雲已大聲叫道：「你私自登上了我的船，我完全有權將你趕下海去，我的水手絕不會對外人泄露！」

我冷冷地道：「你說得對，以你的財勢而論，的確可以胡作非為，謝謝你准許我的小艇，附在你的大船之旁，但是我可以知道你的船是向何處航行的麼？」

鄭保雲一定是一個極其敏感的人，要不然，就是有什麼事在使得他特別敏感。是以他一聽得我那樣問他，又跳了起來：「那不關你的事，風平浪靜之後，你立即離開我的船！」

我怒道：「如果那時候，船正在太平洋之中呢？」

「那是你的事，我管不着。」

我忍住了一肚子氣，我已下定了決心要報復，是以我當時並不說什麼，只是道：「你說得是，我明白了，沒有你，我已經淹死了！」

他狠狠地道：「你明白這一點就好，快下去！快下去！」他用雙手趕着我，我反正已打定了主意，是以並不反抗，跨出了船舷，順着繩子，又回到了我的小帆艇之上。

那時，風雨愈來愈大了，我一到了小艇上，聽不到他的聲音，但是卻還可以看到他在指手劃腳；他一定是在吩咐水手監視着我，不許我爬上來。

然後，他在甲板上消失了。

我在小帆艇上，浪頭一個接一個蓋上來，風雨又十分大，我一生之中，從來也沒有過那樣狼狽的處境。但是總算好，我的小艇不至於傾覆。而風浪雖然大，鄭保雲的船，卻隨着浪頭的起伏，在海中平穩地航行着。他那艘船一定有了不起的龍骨和超特的儀器！

那船雖然不大，然而毫無疑問，它是適合在大海之中航行的。

我將自己的身子縮成一團，用帶子將自己固定在船桅上，我也已然決定，鄭保雲那樣對付我，我一定要將他那見不得人的秘密揭穿，作為報復。

當然，我要弄明白他那絕不想給人知的是什麼秘密，就必須登上那艘船。不錯，我正準備那樣做，但我還須忍耐些時候。我相信現在，不但甲板上的水手在監視着我，鄭保雲也一定在監視着我。

我要等到天色黑的時候再行動，在這樣的風雨之中，天色一黑，一定什麼也看不到，我要爬上船上去，鄭保雲也難以對付我了。

我心中設想了很多可能，去想像鄭保雲船上不想被人知的是什麼東西，但是卻一點頭緒也沒有。

風雨之際，天色黑得特別快，很快地，我便看不見甲板上的人了。我看不到甲板上的人，甲板上的人自然也看不到我了！我趁着巨風稍弱的時候，深吸了一口氣，攀着繩子，向大船上攀去。

不消多久，我雙手已然抓住船舷了，我慢慢探出頭去，向甲板上看。

只見兩個水手，穿着黑色雨衣，在甲板之上，縮成了一團，我正在考慮如何對付他們兩人之際，卻聽得他們講起話來。

左邊的那個嘆着氣：「小艇上的那人，不知怎樣了？唉，算他不夠運！」

另一個則道：「看來他像是很強健，希望他可以撐捱得住，我看風雨明天就要過去了！」

那一個又道：「風雨過去了也不是辦法啊，那時我們在大海中，他一艘小艇，什麼時候才能夠飄到岸上，還不是一樣死？」

另一個則道：「我看，鄭先生或者會准他的小艇，拖在大船之後，一齊到馬尼拉去的。」

那一個「哼」地一聲，道：「不用想！」

另一個也不再出聲，他們兩人將身子縮得更緊，顯然他們在甲板上受風雨襲擊的滋味，也不會好受，比我也好不了多少！

從這兩個水手的對話之中，我至少知道了兩件事。第一，這艘船，是到菲律賓去的，目的地是馬尼拉。第二，在大船上，我的敵人只是鄭保雲一人，船上的水手，都同情我。

尤其是第二點，對我來說，十分重要，因為那對改善我的環境，和我想追究鄭保雲的秘密，十分有幫助，至少，我可以不必用武力對付那兩個水手了。

我又等了一會，雙手用力一按，身子打橫一滾，便已滾上了甲板。

我的身子才在甲板上滾了兩下，那兩個水手便已然一齊站了起來，我也連忙一躍而起。這時，風浪仍然十分大，是以我們三個人的身形，其實都是站立不穩，在不斷搖晃着的。

我忙壓低了聲音：「兩位，請你們別張聲，我在下面實在忍不住了。巨浪不斷向我撞來，如果我不爬上來的話，我一定會死了！」

那兩個水手着急道：「可是，如果船主知道你在船上，我們也不得了啊！」

我完全相信他們兩人所講的是實情，我立時問道：「你們可知道，這船上有着什麼古怪，以致他堅決不肯讓我上船？」

那水手道：「不知道，我不知道！」

我又問道：「船到什麼地方去過，去作什麼？」

一個水手道：「船到鄭先生的家鄉去過，接鄭先生的老娘，和將鄭先生阿爸的靈柩，運到菲律賓去安葬。」

我從他們的話中，立時想到了一點，那靈柩可能有蹺蹊。靈柩之中，是不是有什麼見不得人的東西呢？這倒要好好查究一下。

我又問：「鄭先生的父親死了多久？」回答是「我們不知道。」

我想了一想：「我要進船艙去看看，你們別出聲，我會十分小心，不讓船主知道的，就算被他發覺了，我也決不會牽涉你們兩人的！」

那兩個水手無可奈何地點了點頭，我站起身子來，向前走着，我並不從日間鄭保雲出來的那個門中進去，而是摸到了船尾，我走得十分小心，因為在風雨中，我隨時可能掉下海去。

來到了近船尾的一扇門前，我握住了門柄，旋了一旋，門已可打開來了，我迅速一推，閃身而入，又立時將門關上。

雖然那只是極短的時間，但是狂風依然從門中，捲了進來，我聽得「砰」地一聲，像是吹倒了什麼東西。

我背靠門站着，心中十分緊張。

但等了好久，我並沒有聽到什麼別的聲響，水手多半都睡了，機器聲均勻地響着，在駕駛艙中大概還有人，而我現在，是在什麼地方呢？

我閉上眼睛一會，使之習慣黑暗，從前面一扇門的門縫中射出來的光芒，已可以使我約略看清楚眼前的情形了，那是相當大的一個艙。雖然這艘船的動力部分，是第一流科學技術的結晶，但是它的裝飾部分，卻是極度古老的。

這時，我看到了兩張八仙桌，並放在一起。在靠艙壁之處，似乎還供着一個祖先的神位，在神位前，是幾隻香爐。圍着八仙桌的，是幾張椅子。

靠着另一邊艙壁的，也是椅子和茶几，全是酸枝木鑲雲石的舊式家俬。

我看清楚了這個艙中沒有人，膽子更大了不少。而我才從風雨中來，一進了這個艙中，像是已到了溫暖、安全的另一個天地一樣。

我吸了一口氣，抹去了我臉上的水珠，小心地向前走着，但是我只向前走了兩步，便發現我的鞋中因為積水太多，而在走動之際，發出「滋滋」聲來，是以我又停了下來，除去了我的鞋子。

也就在這時，我聽得「砰」地一聲響，像是有人打開了門，重又關上似的。我趕緊閃了一閃，緊貼着艙壁而立，然後，我卻又聽不到什麼了。

大約等了一分鐘，我便聽得有人講話的聲音，一個人道：「鄭先生，我從來也未曾駕駛過那樣好的船，你看，風速計上的速度是每小時三十浬，但是船卻穩得就像在平靜的湖面上行駛一樣！」

接着，便是鄭保雲的聲音：「很好，速度還可以提高一些麼？」

「我來設法，鄭先生，我一定設法。」

「對了，你必須設法，只要比預定的時間早到，即使是早到一分鐘，你們就可以得到獎金，早到的時間愈多，獎金就愈高！」

「是的，我們一定盡力，鄭先生，聽說有人想上船來？是不是？」

鄭保雲的聲音十分粗：「你們不必管別的事，只要使船如何駛得更快就可以了，知道了嗎？」

接着，至少有兩個人齊聲道：「知道了！」

第二部

化敵為友有事相求

他們雙方的對話，我聽得很清楚，而且可想而知，和鄭保雲在講話的人，一定是船上的駕駛人員。

但是，聽了他們的對話之後，卻又有一個疑問，升上了我的心頭：為什麼鄭保雲要那樣急速到馬尼拉呢？如果他們有什麼急事的話，那麼他應該搭飛機，而不應該搭船。

由此可見，他並不是想他自己急於到達目的地。必須盡快到達目的地的，是另外的東西，是在這艘船上的，是不便用飛機運載的！

我想到了這裏，仍然是茫無頭緒，而就在這時，突然「咔」地一聲，那扇門縫中有光線透出來的門，突然被打了開來！

我也立即看到，鄭保雲已從這扇打開的門中，向外走了出來！這一切，實在是來得太突然了，突然得我根本來不及去躲避！

在那一剎那間，我沒有別的辦法可想，只好用背脊緊緊地貼在艙壁上，希望因為黑暗和我緊貼着艙壁，使得鄭保雲不注意我。

鄭保雲一走出來，就關上了那扇門，那使得我放心了一些，因為這樣一來，艙中十分黑暗，他發現我的可能，就少了許多了！

我屏住氣息，一動也不敢動，只見鄭保雲穿着一件睡袍，慢慢地走到了八仙桌旁，在八仙桌旁的櫈子上，坐了下來。

他雖然背對着我，但是我心中卻在不斷地禱念，希望他快一些離去。因為我連氣也不敢出，動也不敢動，那樣站着，連我自己也不知可以堅持多久。而如果我略動一動的話，那麼，我一定會被他覺察，那我的處境就十分不妙了，在大怒之下，他可能將我拋下海去！

但是鄭保雲坐了下來之後，卻全然沒有離去的意思，他手撐着頭，也一動不動地坐着。從他那種坐着不動的姿勢來看，可以看出他完全陷入了沉思之中。

他究竟在想什麼呢？他是一個億萬富翁，在這個有錢可使鬼推磨的世界裏，他有着什麼煩惱呢？

照說，他是不會有什麼煩惱的，但是事實上，煩惱卻正深深地困擾着他，任何人都可以看得出這一點！

時間慢慢的過去，足足有十分鐘之久，他仍然一動也不動地坐着！

他可以一動也不動地坐着，而我卻支持不住了，或許是由於我從風雨之中，突然來到了這個船艙中的緣故，又或許是因為我忍住了呼吸太久了，是以我的喉嚨中，漸漸覺得癢了起來。

開始的時候，那種癢還可以忍受，但是它卻愈來愈甚，而且又是癢在喉嚨中，絕不是我伸手能夠搔得到的。我開始左右搖擺頭頸，但是沒有用，我又用手按住喉嚨，但是癢得更甚。

到我實在沒有法子忍受的時候，我逼不得已，在喉間發動了幾下「咯咯」聲來，我還希望外面的風雨聲會將這幾下輕微的聲音遮掩過去，也希望正在沉思中的鄭保雲聽不到那幾下聲響。

可是，就在我的喉間，發出那幾下聲響之際，鄭保雲倏地轉過了身來，望定了我！

在那樣的情形下，我除了仍然僵立着之外，一點別的辦法也沒有，我看到鄭保雲的身子，猛地一震，接着我聽到他「颼」地吸進了一口氣。

通常，人只有極度驚駭的情形下，才會吸下那樣深一口氣的，但是鄭保雲看到了我，吃驚的應該是我，他為什麼要害怕呢？所以我想，他大概是想不到忽然會見到一個人，是以才如此的。

而鄭保雲的驚恐，還在持續着，他已然站了起來，他的一隻手按在八仙桌上，他的身子在簌簌地發着抖！

我實在想不透鄭保雲看到我之後，為什麼會如此害怕，這條船是他的，在海上，他的話就等於是法律，而事實上，他只要叫一聲的話，至少有兩個人，是可以在幾秒鐘之內趕來幫他的。他的處境是如此有利，那麼，他在發現有一個黑影之後，何必如此吃驚呢？

當然，我沒有將心中的疑問向他提出來，因為我的心中和他一樣吃驚，我並不是沒有急智的人，但是在如今那樣尷尬的情形之下，我卻不知怎樣才好。雖然是在黑暗之中，我絕看不到鄭保雲的臉面（當然鄭保雲也看不到我的臉），但是我卻可以感到，他正在盯着我（我相信他也可以感到我在盯着他）。

我們兩人就這樣對峙着，不知道過了多久，只覺得背脊上陣陣發麻。

我知道那樣僵持下去，實在不是辦法，我必須打破這個僵局，或者可以令得他不暴跳如雷，每一個人對自己的家鄉話，總有一份親切感的。

於是我開口道：「請你原諒——」

但是我只講了四個字，便住了口。因為我才一開口，便發現我因為過度的驚懼，喉嚨發乾，是以我發出來的聲音，十分乾澀難聽，根本聽不清我是講些什麼，只不過可以聽出那種鄉下話的特重尾音而已。

我停了下來之後，是準備嚥一口口水，再來講過的。可是，不等我第二次開口，我就看到鄭保雲的身子，突然向下軟了下來。

他軟下來的那種動作，十分異特，就像是他全身的骨頭忽然消失了一樣！身子突然那樣軟了下來，唯一的可能，便是這個人已然昏了過去。我同時也聽到了他發出了一下呻吟聲，這令得我更是奇怪，我的驚恐消失，因為鄭保雲竟昏了過去！

鄭保雲的突然昏厥，對我來說太突然了，當我趕到他身邊的時候，他碰到了一張椅子，發出了砰的一聲響。

我雙手插入他的脅下，將他的身子抬了起來。也就在這時，艙門被打了開來。

當然，那是那張椅子跌倒的聲音，驚動了駕駛艙中的兩個人，門一打開，一個人便向外走來，那人才跨出門一步，便大聲喝道：「你是誰，你在這裏做什麼？」

我回頭瞪了他一眼：「先別理會我是誰，鄭保雲昏過去了，有白蘭地麼？」

那人更是驚惶失措：「有……有威士忌……」

我已將鄭保雲抬上了八仙桌，令他的身子平臥在桌上，道：「一樣，着亮燈，快拿酒來。」

那人慌慌張張地着亮了燈，向駕駛艙中叫了幾聲，又奔了進去，拿出了一瓶威士忌來。

而我在這短短的半分鐘內，早已趁機打量了鄭保雲一下，不錯，現在躺在八仙桌上的正是凶神惡煞也似，要將我趕下大海去的鄭保雲。

這時，他仍然未曾醒轉來，臉色蒼白，我敢說我從來也未曾看到過有一個活人而有着如此難看的臉色的。

我用力拍着他的面頰。他的頭部，隨着我的拍動，而左右轉動着。我旋開瓶塞，抬起了他的下頦，將瓶中的威士忌向他口中倒去。

鄭保雲立時猛烈地嗆咳了，他的身子，也隨着他的嗆咳而抽搐。

一分鐘之後，他坐了起來，手仍撐在桌面上，他雙眼睜得老大，但是我仍然懷疑他究竟是不是看得清眼前的東西，因為他的目光，是如此之散亂。

他面上的神情，驚駭絕倫的，先是他的喉際，發出「咕咕」的聲響來，終於，他開了口，自他的口中，吐出了一句話來，他叫道：「天，他……他竟會講話了，他……他走出來了！」

這句話，不但我聽了莫名其妙，連在我身邊的那個人，也莫名其妙，因為我聽了鄭保雲的那句話之後，我立時轉過頭向那人看去，只見那人的臉上，也是一片茫然之色。

我還沒有說什麼，便聽得那人道：「鄭先生，你怎麼了？你為什麼昏了過去？」

鄭保雲大口大口地喘着氣，抬起頭來，緊緊地抓住了那人的肩頭，上氣不接下氣地道：「你，你可曾看到什麼？」

那人反問道：「看到什麼？沒有啊，鄭先生，你看到了什麼？」

鄭保雲的身子，又發起抖來，我想笑，但是卻又怕激怒了鄭保雲，因為鄭保雲害怕成那樣，只不過是看到了我而已！

這時候，我更可以肯定，鄭保雲的而且確，神經不很正常，至少他患有極度的神經衰弱。而我也感到我非出聲不可了，因為只有我出聲，說明他剛才看到的是我，才會消除他的恐懼。

是以我道：「鄭先生，剛才在黑暗中的是我！」

鄭保雲倒乎根本不知道我在一旁，是以我一開口，他又嚇了一大跳，立時轉過身來，用他慘白的臉對着我。那張臉上，起先只有驚恐，但漸漸地，驚恐已經化為憤怒，他伸手指着我，但過不多久，他便不再指着我，而緊緊地捏着拳頭，向我衝了過來。

我並不準備還手，因為我早已看出，他那一拳，就算擊中了我，也不會有什麼力道，而他卻可以得到不少好處，讓他打我幾拳，不但他的怒氣可以得到發泄，可能他的恐懼，也會消散。

鄭保雲衝到了我的面前，拳如雨下，我只是側頭避開了他向我面門的攻擊，並不避開他打向我身上的拳頭，他足足打了我十七八拳，才停了下來，喘着氣。

我向他笑了一笑：「鄭先生，聽說你得過好幾項博士的頭銜，你的學問或者非常高，但是打人顯然不是你的本行！」

鄭保雲仍然狠狠地望着我，我攤了攤手，心平氣和地道：「鄭先生，如果我們全是有知識的人，那麼我們間的爭執，應該結束了。」

鄭保雲又吼叫了起來：「你這個流氓，滾下我的船去，我要打死你！」

他再度揚起了拳頭，當然，他的拳頭是絕不可能打死我的，我伸手握住了他的手腕。

我已經讓他打了十七八拳，他依然不知進退，雖然他並沒有打痛我，但是

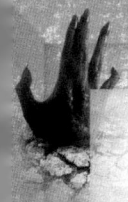

我的怒氣，卻被他打得激了上來，我一握住他的手腕之後，左手倏地揚了起來，「叭」地一聲，清脆玲瓏，在他的臉上摑了一掌！

這可能是鄭保雲有生以來，第一次被人掌摑，是以當我打了他一掌，右手一鬆，將他推開了幾步之際，他完全呆住了！

他怔怔地站着，望着我。我那一掌，也打得着實不輕，在他蒼白的臉上，留下了五道指印。

另外一個人也嚇呆了，張大了口，不知說什麼才好。我又踏前一步，伸手指着鄭保雲的鼻子大聲喝道：「我告訴你，我必須留在這艘船上，直到風雨過去，我不管你船上有着什麼不可告人的秘密，還是有着什麼見不得人的東西，我必須留在船上！」

鄭保雲的面色變得鐵青，他的手在發着抖，我只看到他的手突然伸進了衣袋之中，然後，他的手伸了出來，我已清楚地看到，他手中一柄小手槍，已對準了我！

我陡地吸了一口氣，望着那柄小手槍的槍口，那槍口像是一條毒蛇一樣瞪着我。

那是我完全意料不到的事，我身子略退了退，鄭保雲的喉間，發出了一下異樣的聲音，像是在咆哮一樣，我勉力鎮定心神：「鄭保雲，你不敢開槍的，你若是開槍，你逃不過法律的制裁！」

鄭保雲喉間的那種怪聲更甚了，我看到他的手指漸漸扣緊，我的身子猛地向下一蹲，已準備一個打滾，向前直衝過去。

但是我整個人的動作，自然及不上他一隻手指的動作來得快，就在我身形向下一蹲之間，我看到他已將槍機扳向後了！

我在那一剎間，全身變得僵硬，蹲在地上，一動也不能動。但是，卻並沒有槍彈自槍中射出來，而我立即發覺，鄭保雲是忘記扳下保險掣了！

他顯然是不慣於用槍的人，要不然，絕不會在如今這樣的情形之下，發生那樣錯誤，而那自然是我千載難逢的機會。

我一躍而起，向他撲了過去，可是我才撲出了一步，鄭保雲慌忙後退，他的身子，撞在一張八仙桌上，令得他向下倒了下去，我正待再撲過去，將手上的手槍，奪了下來之際，便聽得一個人叫道：「衛先生，衛斯理先生，你怎麼會在這裏的？」

我聽到了有人叫我，但是我卻不能去看清楚在叫我的是什麼人，因為鄭保雲的槍仍然對着我，所以我先趕前一步，一腳踢在鄭保雲的右腕之上。

那一腳，將鄭保雲的手指，踢得鬆開，他手中的槍也滑出了兩三碼，我忙撲過去，將槍搶在手中，這才抬起頭來，向前打量。

那叫我的人，站在駕駛艙的門口，他是一個五十歲左右的中年人，頭頂半禿，看他粗糙的雙手，就可以知道他是一個機匠。我覺得他十分臉熟，但是卻又想不起在什麼地方見過他！

那中年人臉上的神情，十分難以形容，又是高興，又是驚訝，他搖着手：「別打架，衛先生，別打架，這位是我的船主，鄭保雲先生！」

我冷冷地向鄭保雲望了一眼，只見他已然站了起來。我道：「我早知他是誰了。」

那中年人奇道：「是麼？那你們怎麼會起衝突的呢？鄭先生早幾天還在問

我，因為他聽說我認識你，他說有一件十分疑難的事，要請你來幫忙，一齊解決，怎麼你們會打起來的？」

我聽了那中年人的話，只覺得好笑：「是麼？他有事要找我？可是我要上他的船來避風雨，他卻要將我趕下海去！」

我聽得鄭保雲喘起氣來，他的聲音變得十分異樣：「那是，那是……？我不知道你是衛斯理！」

那中年人愕然：「鄭先生，原來你不知他是誰？他就是衛斯理，我的表親老蔡，是他們家的老管家，所以我見過他！」

我向他笑了笑，道：「原來你是老蔡的表親！」

那中年人連連點頭：「是，我姓鄧，我的母親的表姐，就是老蔡三叔的小姨。」

我忍不住笑了出來，這算是一門什麼樣的親戚，只怕要用計算機才能算得清楚。我道：「那很好，我回去見到老蔡，一定說在這裏見過你。」

他又轉向鄭保雲：「鄭先生，現在你們認識了，你不會再趕他下海去了吧？」

鄭保雲面上，被我摑出來的五道指印仍然在。他在回答那個問題之前，先伸手在臉上摸了一下才道：「當然不，衛先生，很對不起。」

我想不到剎那之間，鄭保雲的態度，竟變得如此之好。從我剛一見到他起，他可以說是一個十足的瘋子，直到此際，他才像是一個受過高等教育的人！

我也忙答道：「哪裏，是我騷擾了你，這是你的槍，剛才，幸而你忘了打開保險掣！」

我將槍還給了他，他苦笑着，接了過來：「衛先生，請你先去洗一個澡，換一身乾衣服，然後，我有一件事，想請你幫助。」

忽然之間，我變成上賓了。而這件事，可能和他的秘密有關，是以我點頭道：「好的，請你帶路。」

鄭保雲帶着我，穿過了駕駛艙，來到了他的臥艙之中，我才一跨了進去，便呆了半晌，我完全沒有在船上的感覺，因為船艙太寬大了。

我進了他的臥艙附屬的浴室，在裏面痛痛快快地洗了一個熱水澡，換上了鄭保雲的絲質睡衣，踏着厚厚的地氈，走了出來。

鄭保雲立時將一杯酒遞到我的手中，單聞聞那股酒香，就可以知道那是遠年白蘭地。

他對我的態度，和要將我趕下海的時候相比，自然是不可同日而語，只見他一攤手，道：「請坐，請坐，衛先生！」

我也老實不客氣地在一張十分舒服的沙發上坐了下來，而且，我還蹺起了腳，擱在另一張坐墊之上，然後，我才喝了一口酒：「鄭先生，多謝你的招待，受人招待，與人消災，究竟你有什麼事，只管說好了！」

鄭保雲十分為難地笑着，他一定不是一個十分痛快的人，因為我已然叫他不論有什麼為難的事，只管說出來，可是他卻仍然說不出口，支吾了好一會，他才講了一句話：「這件事，和我父親有關。」

我心中怔了一怔，和他父親有關的？他父親已經死了，人也已經死了，還有什麼事情是不能了結的，要他來擔心？

但是我心中儘管覺得奇怪，我卻沒有問他。他在講了那句話之後，又好一會不出聲，我也不去催他。現在我很舒服，也不會那麼快就到目的地，有的是時間，他喜歡支支吾吾，就讓他去支吾好了。

講起話來喜歡支支吾吾的人，全是這種脾氣，你愈是催他，他講得愈是慢，索性不催他，他倒反而一五一十講出來了。我看着他，只見他大口地吞了一口酒，臉上也因之稍為有了一點血色，然後又聽得他道：「我父親，是三年前故世的。」

我的忍耐力再好，到這時候，也忍不住頂了他一句：「鄭先生，令尊在三年前故世的，這一點，全世界都知道。」

鄭保雲苦笑着，搔着頭：「是，這我知道，唉，我實在不知道該如何說才好，我想，只有請你自己去看一看，你才會明白。」

我不禁愕然：「要我去看什麼？」

要我去看一看，這話本是鄭保雲說的，但是當我反問他要我去看什麼之際，他卻又答不上來了，他偏過頭去，並不正面回答我的問題，卻道：「衛先生，請你答應我，我帶你去看的，……你看到的一切，不論在什麼情形下，你都不能講給任何人聽！」

這傢伙真是不痛快之極，我給了他一個釘子碰：「如果你以為我會見人便說，那麼，請你別帶我去看好了。」

鄭保雲嘆了一口氣，有點無可奈何地道：「好了，請你跟我來！」

說着，他便站了起來。他站起來，自然要帶我去看看他希望我看到的東西！可是，他站了起來之後的動作，卻令得我驚訝不止。他本來是坐在一張沙發上的，當他站了起來之後，他首先推開了那張沙發。然後，他再將地氈揭了起來，揭開了三呎見方的一塊。

然後，他走開幾步，在艙壁上，移開了一張油畫。我看到那油畫後面，有一個鈕掣。

他伸手在那個鈕掣之上，按了一下，被揭開地氈的那處，艙板已無聲地向旁滑去，出現了一個洞。

這一切全是我預料之外的，因為那和鄭保雲的身分，十分不合！

在鄭保雲的船上，為什麼要有這樣一個秘密的艙房呢？這個秘密的艙房，他是用來放什麼的？那不問可知，是極其秘密的東西！

但是，他為什麼又要向我展示如此秘密的東西呢？

我的心中充滿了好奇，是以我立時站了起來，其時，鄭保雲的神情，再度呈現極端的緊張，他的身子在發着抖，他向前走出了兩步：「我要你看的，就在這個底艙中，我和你一起……」

可是，他講到這裏，卻突然改變了主意，向後退了兩步：「不，你還是自己下去看好了，我……我實在不想再看。」

我望着他，如果這一切，全是一個陷阱，是誘我進那底艙去想加害我的話，那麼，鄭保雲的「演技」，可以稱是天下第一。

所以，我不相信那是鄭保雲的陰謀，我肯定鄭保雲所說的是實話，他的確不願再進底艙去，在底艙中的東西，一定十分可怕！

當我想到這一點的時候，我向那洞口望了一眼，洞口下黑沉沉的，令我也起了一股不寒而慄的感覺。我問道：「好的，我一個人下去。」

他拉開了一隻抽屜，取出了一柄鑰匙給我：「這是鑰匙，下去之後，你必須打開一道門，看完請你立即上來，我要和你討論這件事。」

我的心中充滿了疑惑，接過了那柄鑰匙，他的手是冰冷而顫抖的，一接過了鑰匙，我立時向洞口走去。有一道梯子，可以通向底艙，我順着梯子向下走了下去。

當我在向下走下去之際，我可以聽到鄭保雲的哭聲，他一面在哭，一面還在喃喃地道：「我不要再見到他，我真的不想再見到他！」

我來到了梯子的盡頭，憑着上面照射下來的燈光，找到了電燈開關，我開亮了電燈！看到我的前面有一道門，門上是有鎖的。

我立即將那柄鑰匙插進鎖孔中去，轉了一轉，「拍」地一聲，鎖已打開，我推門進去，一股霉味，撲鼻而來。

第三部

棺材裏伸出手來

門內又是一片漆黑，我又伸手在門邊上摸了摸，摸到了電燈開關，將開關按下，眼前立時大放光明，我看到那間底艙並不十分大，霉腐的臭味更甚，可以說是密不通風。

那底艙根本不是要來住人的，尤其是在如此豪華的一艘船上！

但是，電燈一亮之後，我卻看到，在艙中有一張牀，而牀上躺着一個人！就在我着亮燈的一剎間，躺在那板牀上的人，直坐了起來望着我。

在那片刻之間，我心中的憤怒，實在是難以形容的，鄭保雲這個畜牲，竟敢將一個老人，像豬一樣地困在這樣的地方，他自以為自己是什麼人？

當時，我只是一眼看出，那躺在板牀上的是一個老年人，而當我定睛再向老人看去之際，我心中的怒火，上升了六七倍！

那張板牀上一無所有，就是一塊木板，而更令得人忍無可忍的是，在那木板上有兩個孔，有一道帶子，穿過了那兩個孔，纏住了那老人的足踝，將那老人的雙足，固定在木板之上，令得他只能欠身坐起來，而不能離開木板半步！

這是駭人聽聞的虐待！

我先忍不住大叫了一聲：「鄭保雲！」

然後，我直向前衝了過去，到了那張板牀近前，因為我心中發着怒，所以我不由自主喘着氣，我道：「老伯，你不必怕，我立時設法放你，你……是誰將你那樣鎖在這裏的，我一定也照樣將他鎖起來！」

那老人卻並不出聲，只是坐着不動，他的雙眼，甚至也不是望向我。

我是個感情相當容易衝動的人，但是我畢竟也經歷過許多稀奇古怪的經歷，那可以調和我性格的衝動，是以，這時當我覺出，事情好像有一點不對頭，我在板牀之前，略呆了一呆。

接着，我走出了幾步，和板牀上的那老人，正面相對。仔細向那老人打量一下。我直到這時，才仔細地看清楚了那老人的臉面。

而當我看清了那老人臉面之際，我像是全身都浸在冰水之中一樣，感到了一股極度的寒意！

我從來未曾見過一個如此可怕的人！

這個老人，像是畢生都是在納粹集中營中度過的一樣，他的臉上一點肉也沒有，臘也似的黃皮膚，包在骨上，他雙眼深陷，眼珠直向前望着，眼珠是灰白色的，定着，一動也不動，那種灰白色，是實質的灰白，是以我可以斷定，他看不見東西。

我又注意到他的頭髮十分長，長得和他那種皮包骨頭的臉容，絕不相稱的地步！

而當我呆了半晌之後，我的憤怒比剛才更甚！

那老人所受的折磨，一定遠比鎖在這個密不透風的底艙之中更甚！

我實在無法抑壓我的的怒意了，我轉過身，衝了出去，手足並用，攀上了梯子，一躍而上，我看到鄭保雲正背對着我，在為他自己斟酒。

我大踏步來到了他的背後，用力伸手，壓在他的肩頭之上，他立時吃驚地轉過頭來，我也就勢抓住了他的衣領，我提起了他的衣領，令得他只能足尖點地，然後，我結結實實地罵道：「鄭保雲，你是個豬狗不如的畜牲！」

本來，我一面罵他，一面還想就勢打上他幾巴掌的，但是他卻立時叫了起來，道：「你做什麼？你可是已經看到他了？」

我聽他還敢這樣問我，揚起的手放了下來：「我自然看到他了，只有畜牲才會那樣對待一個老人，你就是那畜牲，是不是？」

鄭保雲喘着氣：「你在説什麼？你真看到了他？他……又動了？」

我大聲道：「是的，你以為你已將他折磨死了？」

鄭保雲發出了一陣呻吟聲來，若不是我抓住他衣領的話，他的身子是一定站不直的，而我正樂於看到他跌倒，是以我鬆開了手。

他的身子向後倒去，軟癱在一張沙發上，他不住喘着氣：「好，你已看到了，我問你，你……可有什麼辦法？」我厲聲道：「我的想法已然説過了，你是畜牲！」

鄭保雲坐起了身子，大口地飲了一口酒，因為他的身子在發着抖，是以酒順着他的口角，流了下來，他也不去抹拭：「衛先生，你也看到他了，你也看到他動了，如果我告訴你，他是個已死了三年的人，你會相信麼？」

我呆了一呆，一時之間，我幾乎以為自己聽錯了，是以我立時反問道：「你説什麼？」

「我說，如果我告訴你，那是一個已死了三年的人，你會相信麼？」

這一次，我自然聽清楚了，但是我立時冷笑道：「鄭保雲，如果你以為說上幾句無聊的話，就可以逃避你的罪行，那你太天真了！」

鄭保雲搖頭道：「你不明白，你完全不明白，他，他就是我的父親！」

鄭保雲的最後一句話，是充滿了痛苦的神情叫嚷了出來的，我陡地一震，腦中也亂到了極點。

我自然不信底艙中的那個老人，是一個已經死了三年的人。因為我着亮電燈時，看見他從板牀上彎身坐了起來。但是鄭保雲卻說那老人是他父親。

如果那老人是鄭保雲父親的話，那麼，他自然已死了三年了，鄭保雲的父親是舉世聞名的富豪，三年前他去世，是全世界都知道的事！

如果鄭保雲是在說謊，那麼這樣的謊話，實在也太嫌拙劣！那老者又不是遠在天邊，他就在他下面的底艙之中，我隨時可以下去問個明白。

是以，我冷笑着：「如果你以為一些拙劣的謊言，就可以騙過我，那麼，我想我們之間沒有什麼好說的了！」

「我不是説謊話，」鄭保雲連忙否認，同時，他臉上現出十分痛苦的神情來：「我要找你，就是為了這件事，我聽説過你和許多稀奇古怪的事有關，但是……但是只怕你也未曾經歷過這樣的怪事！」

他仍然堅持他所説的是實話！

而我是實在沒有法子接受他這個説法的，因為如果我接受了他這個説法，那麼我便必須接受另一個事實，那便是：一個死了三年的人，會在我開燈的時候，突然從一張板牀上坐了起來！

而當我想到這一點的時候，我本來應該立即反駁鄭保雲的話。可是，不知怎的，我腦中突然生出一個十分異特的想法，那個在底艙中的老者，可能是真的死人！因為他的神情面貌，實在是太沒有生氣了！

所以，我呆了一呆，並沒有立即出聲。

鄭保雲喘了一口氣：「你如果聽我説下去，你就會明白！」

我的身子挺了一挺，吸進了一口氣，又喝了一大口酒，竭力想將剛才所想到的那個念頭驅走，因為剛才的那念頭實在太可怕了，一個死了三年的人，還會動？那實在太無稽了！

是以我認定了鄭保雲，一定是在掩飾他的某種罪行，在他如此虐待那老者的背後，一定還另外有着更大的罪惡！

是以，我立時道：「我可以聽你叙述全部的事，但是你首先必須將那個老者從下面那個底艙中放出來，結束你的罪行！」

我的話，是十分正常的要求，是任何人在看到了底艙的那個老者之後，都會提出來的。

但是我那個正常的要求，在鄭保雲聽來，卻像是聽到了世界上最可怕的話一樣，他從沙發上跳了起來，雙手亂搖：「不能，不能，萬萬不能！」

我冷笑着：「那麼我們之間，就沒有什麼可說的了！」

鄭保雲搖着頭：「你知道剛才我在黑暗之中見到了你，為什麼會那樣害怕？我……我就是以為他……走出來了！」

鄭保雲顯然是猶有餘悸，是以他講到這裏，身子又不住發起抖來。

我道：「因為你犯了罪，受到了良心的責備，才感到害怕，由此可知你對自己所犯的罪行，還有羞恥之感，你還是——」

我正想再進一步地勸説他改過自新，可是他不等我講完，便已大叫了起來：「我沒有犯罪！」

我也大聲道：「你沒有犯罪，你為什麼將一個老者關在狗籠不如的底艙之中，還將他的雙足，鎖了起來，你説，是為了什麼？」

鄭保雲還未及回答我的問題，便聽得一扇門的一面，又傳來了那老婦人的聲音，問道：「阿保，你在和誰説話，不要和人爭吵！」

鄭保雲看來對母親十分順從，他雖然仍怒目瞪着我，但是卻已變了聲調，他騙他的母親道：「阿母，我沒有和誰吵架，我在聽收音機，我將聲音收小啦！」

那老婦人又叮囑了幾句，但是卻沒有再多説什麼。鄭保雲來到了我的面前：「我沒有犯罪，我首先要你明白那一點，我可以告訴你，任何人在我那樣的情形之下，都會那樣做的。」

我正想開口，鄭保雲一揚手，打斷了我的話頭：「他是我的父親，他是三年前已然死去了的，你可以下去仔細地檢查他，看他是活人還是死人！」

我望着他冷笑，他一定是個瘋子。我想，這是根本不用多爭辯的事，那老者當然不是一個死人，我轉過身，衝下了底艙，那老者仍然坐在板牀上。

我大聲道：「老伯，你別怕，我先放你下來！」

我用力拉着縛住了他雙足的帶子，鄭保雲在上面急叫道：「你別胡來，你可知道自己在作什麼？」

當他急叫的時候，我已然「拍」地一聲，將帶子拉斷了，我道：「我自然知道我在做什麼，我先將他放開來，好證明他是你所說的『死人』！」

我才講到這裏，那老者已斜着身，下了板牀，站了起來，他站在我的身邊，伸出一隻手來，搭在我的肩頭上。我正準備去扶他，可是鄭保雲卻也走了下來，只聽得他又叫道：「衛斯理，看老天爺份上，別讓他碰到你，你快設法擺脱他！」

他的情狀是如此之可怖，他的聲調是那樣的急促，他那種想過來又不敢過來的樣子，確實使我相信，我在十分危險的情形之下！

這時，我想，那老者可能是一個神經失常的人，我一面想，一面回過頭去，看了一下。

那老者就站在我的身邊，我一回過頭去，就和他打了一個照面，我們兩人的距離極近，鼻子和鼻子，相隔還不到三寸。

就在那時候，我也不禁打了一個寒顫，那實在是太可怕了，那老者的臉上，不但沒有一絲生氣，而且，我完全覺不到他在呼吸，他的臉是冰涼的！

而這時候，他搭在我肩頭上的五隻手指，已在漸漸地收緊。

我低頭向他的手看去，那簡直是五根枯枝，可是它們在收緊時所發出的力道，卻如此之大，令得我的肩頭，感到一陣疼痛！

而且，它們還在繼續收緊，像是要將那五根枯柴也似的手指，完全擠進我的肩頭中去。我是一個對中國武術有着極深造詣的人，我肌肉迸上了氣，一個壯漢未必能令我生痛！

可是，一個那樣枯瘦的老者，卻有那麼大的力道，在那片刻之間，我的心中，也突然升起了一股詭異極的感覺來，我忙道：「老伯，你做什麼？」

在我問出那一句話之際，我聽得鄭保雲發出了一下可怕的呻吟聲來。但是在那樣的情形之下，我已不及去注意鄭保雲了，我必須將那老者的手掙脱！

我轉過頭去，身子微微一側，同時，我的手，也疾加在那老者的手腕之上。

我是準備抓住了那老者的手腕之後，將他的手，自我的肩頭上移了開去的。可是當我一抓住了他的手腕之際，我全身突然一震！

我很難形容我當時的感覺，那種感覺，就像是在全然不提防的情形下，突然觸了電一樣！

那老者的手是冰涼的，當我的手指一碰到他的手腕的時候，那股寒意，便像是電流樣地流遍我的全身，而當我的手指，緊握了他的手腕之際，我更不由自主，也發出了一下可怕的呻吟聲來！

那老者的手腕上，根本沒有脈搏！

那是一個死人！

我感到肩頭上的疼痛，愈來愈甚，我的手雖然已緊緊地握住了那老者的手腕，但是我卻無力將之移開，我全身的力道，不知去了何處。

我的頭頸，在剎那間，也變得僵硬了，總算我還能在頭頸徹底僵硬之時，轉過頭去，打量那老者。然而我在那樣的情形之下，轉過了頭去，實在比不轉過頭去更糟！

我一轉過頭去之後，便再度和那老者正面相對，我又一次地感到，那老者沒有呼吸！

沒有呼吸，沒有脈搏，那麼，那當然是一個死人！但是這個「死人」，卻從板牀上站了起來，他竟然會行動，那麼，他是什麼，他是殭屍，我被殭屍抓住了肩頭！

我實在沒有法子不大力呻吟，我經歷過不知多少怪異的事情，但是被殭屍抓住了肩頭，那卻是不但未曾經歷過，而且連想也未曾想到過的事！

人的想像力不論多麼豐富，但是都脫不了生命的範疇，人死了，也就什麼都沒有了。可是如今，一個死人，卻抓住了我的肩頭，這是超乎生命範疇以外的事，這種事給我的恐懼感覺，難以形容，我除了張大口，發出可怕的呻吟聲之外，根本沒有法子做別的事，我甚至混亂到了以為我一定死在殭屍的手中了！

那一段時間——自我發現了那老者沒有呼吸，沒有脈搏開始——大約只有半分鐘，但是那半分鐘的時間，在我的感覺上，卻像是經歷了一個世紀！

突然之間，我聽得鄭保雲發出了一聲怪叫，我還不及定過神，向他看去間，他已然向前直衝了過來，重重地撞在我的身上。

那一撞，令我的身子，向後疾倒了下去，也令得我昏亂的神智，突然清醒，我在地上，一個翻身，用力一扯那老者的手腕。只聽得「嗤」地一聲響，令得那老者的手，離開了我的肩頭。

但是，那老者的五指是握得如此之緊，是以當他的手離開我的肩頭之際，將我的肩頭上的衣服，抓下了一大片來。我的肩頭上，仍然十分疼痛，但是我總算已擺脫了他，我手在地上一按，一個打挺，跳了起來，來到了搖搖欲墜的鄭保雲身邊。

我們兩人靠在一起站着，剎那之間，也不知道是他扶住了我，還是我扶住了他。

我向前看去，只見那老者也跌倒在艙板上，他的上身筆挺，雙腿也很直，正在以一種十分奇異的姿勢，晃晃悠悠地站立起來。

我比鄭保雲早恢復鎮定些，一看到老者又站了起來，我連忙拉着鄭保雲，奪門而出，「砰」地一聲，將底艙的門關上。

我們兩人，都不約而同地靠着梯子，喘着氣，我們又聽到被關上了門的底艙之中，發出幾下「砰砰」的聲響，接着，便又靜了下來。

而鄭保雲的鎮靜也恢復了，他望着我苦笑，我也報以苦笑，然後他道：「你相信我的話了？」

他的話，在剛才，我在底艙之中，已經毫無保留地相信。可是此際，我在極度的驚愕和恐懼之中清醒了過來，我究竟是受過嚴格科學訓練的人，而科學告訴我們，生命結束，人也就完了，絕沒有一個沒有生命的人，可以和有生命的人一樣行動的！

雖然剛才的一切，全是我親身經歷的，但是我這時卻仍不免對之發生懷疑，所以，我並沒有回答鄭保雲的話，只是望着那扇門。

我深深地吸了一口氣，才道：「我還要再對他作詳細的檢查！」

鄭保雲的聲音，變得十分尖銳：「你還不相信他是一個死人？」

「是的，我相信。」我回答着：「但是，請問，一個沒有生命的人，為什麼會活動？」

鄭保雲苦笑着，道：「這個問題，我已然問了自己千百遍了，我答不上來，而我更進一步地問自己，生命是什麼？生命來無影，去無蹤，看不見，摸不到，它究竟是什麼？為什麼有它的時候，一個人就是活人，而同樣是一個人，如果作最科學的解剖，可以發現其實什麼也沒有少，只不過少了根本看不到的生命，他就變成了死人？」

我的腦中本來就夠亂的了，給鄭保雲一問，更加亂了許多，我不斷地搖着頭：「你問的是一個十分玄的問題，如果你有興趣的話，我們不妨慢慢來研究，可是如今，如今……我們先得弄清楚，他……究竟是不是一個死人！」

「當然他是死人，他死亡的時候，有第一流的醫生簽署的死亡證！」鄭保雲回答着。

「第一流醫生也可能犯錯誤的。」我望着他。

「是的，或者第一流的醫生也會犯錯誤，可是，他曾被埋在地下，三年之久，三年！」

我道：「土地有可能透空氣，棺木……」

我的話還未曾講完，鄭保雲已然道：「那只不過是千萬分之一的可能，而且就算可能，難道一個人可以三年不吃食物麼？而事實上，這三年之中，他根本接觸不到空氣的。」

「為什麼？」我對鄭保雲如此之肯定，也不無疑惑：「為什麼你說得如此肯定。」

鄭保雲停了片刻：「這是我父親的主意，他的遺囑說，他不能避免死亡，那是無可奈何的事，但是他卻要在死亡之後，使他的身體不腐爛，他要我無論如何替他做到這一點。」

我揚了揚眉，仍然不明白：「那又怎樣？」

「所以，他的棺材是特鑄的，是不鏽鋼的——」

我打斷了他的話：「那沒有什麼稀奇，以你們的財力而論，就算是金棺材、銀棺材，也沒有什麼！」

「是的，我還沒有說完，我說那副棺材的奇特之處，是當他的遺體放進了棺材之後，經過特殊的手續，將裏面的空氣，完全抽了出來。」鄭保雲頓了一頓：「屍體一直是在真空狀態之中！」

我呆了片刻，這樣的埋葬法，聞所未聞，也只有財力雄厚的鄭家才想得出來。

這時我知道了鄭保雲的父親，是在那樣的情形之下殮葬的，但是仍然未曾解決我心中的疑問，而我心中的疑問實在太多，多得我不知從何問起才好。

我瞪着眼望着他，他也望着我，最後還是我先問他：「那麼，這一切，又是怎樣發生的呢？」

我一面說着，一面向底艙下面，指了一指。

鄭保雲苦笑着，他的笑聲是如此之苦澀，令得聽到的人，感到說不出來的不舒服，他心中的難過，自然可想而知。我拿起酒瓶來，在他的杯中，又斟了半杯酒，他一口吞了下去，才道：「葬了三年之後，我母親說，樹高千丈，葉落歸根，她要回家鄉去了。她要回去，我也沒有法子反對，可是，她卻一定要帶着我父親的靈柩，一齊回去！」

我皺起眉頭聽着，這樣的事，發生在一個老婦人的身上，倒也不是什麼稀奇的事。我只是問道：「那麼以後又怎麼樣呢？」

「我當時竭力反對，因為我的父親葬得十分好，但是我母親卻十分固執，衛先生，我相信你一定知道，老婦人固執起來，是不可理喻的，我自然也拗不過她，於是便將棺材自地下起了出來。」

鄭保雲講到這裏，又喝了一口酒：「那時，我一面在造一艘船，就是現在我們所在的那艘，那是我準備用來先送我母親回原籍的，因為她不肯搭飛機。那天，我剛在承造的船廠督工，忽然我們家的兩個老家人，慌慌張張地來找我，告訴我說，棺材已從地穴中起出來了，可是棺材之中，卻有聲音發出來。」

我問道：「起棺木的時候，你不在場？」

「是的，因為我始終反對這件事，我是特地避開的，我聽得那兩個老家人那樣說法，立時趕了回去，我父親是葬在我們自己家的後園中的，當我趕到的時候，氣氛實在惡劣之極了！」

鄭保雲皺起了眉，嘆了一聲，續道：「很多人圍在一邊，不知所措地站着，我母親伏在棺材上，號啕大哭，旁邊另外還有六七個老婦人，正在七嘴八舌地勸着她，有的還在亂出主意，說什麼驚動了我父親，是以我的父親不歡喜啦。有的說，要請高僧再來超度啦，我趕到之後，真恨不得將那些老婦人一齊用木棒趕走，總算她們對我多少有一點忌憚，是以都停了口。」

「我的母親還在哭着，我走到她的身邊，十分不耐煩地問道：『阿母，什麼事？』我母親哭得更大聲了，她一面哭，一面道：『阿保，是我不好啦，我不聽你的話，一定要動他的棺材，他怒我啦！』」

鄭保雲學着她母親的聲調。他知道我聽得懂他們家鄉的方言，是以那一段話，他全是用他們家鄉的土語說出來的。我自然不必他詳細解釋，就可以知道，像他那樣一個受過高深教育的人，在當時那種情形下，心中對那些人的反感。

我問道：「那麼，你怎麼說呢？」

鄭保雲道：「我自然很怒，我說：『阿母，阿爸怒你，你怎知道？』我母親說：『阿保，你阿爹剛才在棺材裏蹬腳，發出老大聲響來啦！』我實在忍不住了，從身邊一個力伕手中，奪下了一根竹槓來，用力在棺材上敲了幾下，道：『蹬腳，蹬腳啦！』」

鄭保雲嘆了一聲道：「我當時也不知道為什麼會有那樣衝動的，你知道，我在歐洲和美國住了很久，看到我的家人仍然那樣愚昧，我實在很氣憤。我那突如其來的行動，將別人全都嚇呆了，我母親也止住了哭聲，所有的人望着我，一齊靜了下來。」

我忙道：「在那時候，棺材中有聲音傳了出來？」

「不是，棺材中並沒有聲音，只不過我那時，心中突然起了一種十分奇異的感覺，我不願意再多逗留在棺材的旁邊，所以我走開了。當天晚上，棺材被放在大廳，我母親哭拜了很久，到深夜才去休息，我卻睡不着，信步來到了大廳上。我和我父親的感情不是十分好，因為我們見面的時候很少，但是我對下午那種鹵莽的行動，卻也感到十分抱歉，是以我在他的棺材前停了片刻……」

鄭保雲講到這裏，連我也為之緊張起來。他吸了一口氣：「就在那時候，我聽得敲擊的聲音，從棺材中傳了出來，像是棺材中有人在用力搥敲。在午夜的寂靜之中，那種聲音，我可以聽得十分清楚，而且可以肯定，發自棺材裏面，我當時的驚駭，實在是難以言喻的，我竟不由自主地叫道：『阿爸，阿爸，你想要什麼？』」鄭保雲講到這裏，又苦笑了一下：「衛先生，希望你不要笑我，我是一個受過高深教育的人，但是在那樣的情形下，我卻自然而然那樣叫了出來，因為我心中實在太驚恐了。」

我忙道：「我不會笑你，你既然肯定聲響是從棺材中發出來的，那自然難免驚恐。」

我在那樣回答他的時候，我的心中也不禁起了一種十分異樣的感覺，連我的聲音，也有點走樣。

鄭保雲卻將我的話當作了十分有力的安慰，連聲道：「謝謝你，真的謝謝你，當時，我實在是害怕極了，我像是被雷殛了，不知呆立了多久，那時，除了我一個人之外，並沒有第二個人，然而那種撞擊聲和爬搔聲，卻不斷從棺材之中，傳了出來，我不知道自己呆立了多久，最後我決定把棺材打開來！」

我忙道：「不對啊，鄭先生，剛才你説，棺材是不鏽鋼鑄的，而且，裏面的空氣全被抽去，那麼，你一個人怎能將棺材蓋打開來？」

「我當然不是説將棺材蓋掀開，棺材是用十多個螺絲上緊着，要打開來，得很費一點手續，那棺材是特別設計的，在側邊，有一處地方，是有一個圓孔的。那圓孔約有四吋直徑，是抽氣時用的，有一個蓋子，可以旋開來，那是準備先讓空氣進去，才好打開棺木來的，我那時，就是想旋開這隻蓋子。」

我的身子向前欠了一欠，道：「你……旋開來了？」

「是的，我旋開來了，那蓋子十分緊，但我還是將之旋開來了，當那蓋子最後將被旋開之際，似乎有一股極大的力道在向外頂，突然之間，嘡地一聲響，那蓋子跌倒在地上，一隻拳頭，就從那圓孔中直伸了出來，由於我站得離棺木十分近，是以當拳頭伸出來的時候，我……我給那拳頭，在肚子上打了一拳，令到我倒退出了幾步，跌倒在地上！」

鄭保雲講到這裏，他的神態看來也已經和殭屍相差無幾了，他續道：「那時，我也不知從哪裏來的勇氣，自地上一骨碌翻身，站了起來。在一剎那間，我還以為那拳頭會從棺材中疾伸出來，一定是空氣疾湧了進去，在原來的真空的棺材中，產生了一股十分急喘的氣流，是以將那隻手帶出來之故。」

我忙道：「是啊，是啊，那十分可能！」

鄭保雲搖着頭：「但是我立即知道不是了，那是我父親的手，手腕上還帶着他下葬時所戴的玉鐲，整個小手臂全在那圓孔之外，上下搖着，五指也伸屈着，像是想握到一些什麼東西。我看到了這種情形，實在不知怎麼才好，我突然間跪了下來，叫着阿爹，大哭了起來！」

第四部

來歷不明的奇人

鄭保雲的喉間，發出了一陣異聲，好一會，他才恢復了鎮定：「我的哭叫聲驚動了別人，當我聽得腳步聲從四面八方傳來時，我的神智清醒了些，我再定睛看去，那隻手卻已從那圓孔中縮回去了，我連忙在地上拾起那蓋子來，匆匆忙忙旋了上去。」

「我才一將蓋子旋上去，就有好幾個僕人衝了進來，接着，我母親也來了，他們全是被我的哭叫聲驚醒過來的，也不知有多少人，七嘴八舌地向我問是什麼事情，我卻什麼也沒有說。那時，我以為剛才是我眼花了，那一定是我神經恍惚的結果。我只是告訴他們，因為我懷念死去的父親，所以當我又看到了他的靈柩之際，我便不由自主，哭叫了起來。」

「我的話，他們也全信了，我立時回到了自己的房間中，將自己鎖了起來，你可想而知，那天晚上，我一夜未曾合過眼。」

我默默地點了點頭，任何人遇上了那樣的情形，都會一夜合不上眼睛的，何況我可以斷定，就算這件事沒有發生之前，鄭保雲一定也是一個十分神經質的人，那麼這種事對他的打擊自然更大！

我問道：「以後又怎樣呢？」

「在這一夜中，我翻來覆去地想着，希望我剛才聽到的和看到的，全是幻覺。但是，我想來想去，那全是事實，而絕不是我的幻覺。」

「我自己不斷地問自己：我該怎麼辦？我的父親，已死去了三年，但是他卻在棺材中發出聲響，而且，他的一隻手，還從棺材中伸了出來。他的身體，絲毫也未曾腐爛，他復活，還是根本沒有死？那一夜之中，我思緒亂到了極點，最後終於下了決定，要打開棺材來瞧瞧，但卻秘密進行！」

「第二天，我下令我要獨自對着靈柩，追思我的父親。本來，連母親都不要她在一旁，但是她卻堅持和我在一起。於是，只有我們兩個人，我不得不將我昨晚上看到的事講給我母親聽，出乎意料之外，我母親非單不驚恐，而且十分高興，她說我阿爹生前最喜歡行善，一定是感動了上蒼，玉皇大帝下令給地藏王，令阿爹復活還陽了！」

「我給她那種話弄得啼笑皆非，我着手旋開所有的螺絲，最後，我慢慢地揭開了棺蓋。」

「我母親早已緊張地準備着，準備我一揭開了棺蓋之後，她就撲上去。但是當我揭開了棺蓋之後，她卻向前踏出了一步，便站定了。」

「當時，我們看到的情形，和你剛才第一次下底艙時見到的情形相同。我爹在棺材之中，突然坐了起來。只不過當時，你以為我囚禁了一個老人，而我們卻清楚地知道，他是一個已死了三年的死人！」

鄭保雲喘着氣：「而且，我們望着他，我立即肯定他仍是一個死人，雖然他坐了起來，雖然他身子完整，但是他仍是一個死了三年的死人，我記得當時我叫了一聲，道：『阿母，阿爹不是復活，他還是一個死人！』我母親整個人呆若木雞，她不斷地喃喃地重複着兩個字，我聽了很久，才聽得她在講的是『屍變』兩字！」

鄭保雲講到這裏，又停了下來。

艙中也立時靜了下來，這時風雨一定小得多了，因為我坐在沙發上，幾乎一點也覺不出船身在搖蕩，我呆了好一會，才道：「屍變？」

鄭保雲點頭道：「是的，屍變，那是我們家鄉的一種傳說，說人死了之後，如果下葬之際，恰好碰到了大雷雨，或者有……黑貓在屍身之上跳過、爬過，那麼，屍體就會變成殭屍了。」

我苦笑着：「那不單是你們家鄉的傳說，只怕是每一個鄉村都盛傳着的傳說，我們小時候，全都聽過殭屍的駭人故事。」

鄭保雲沉默了半晌，才又道：「衛先生，你認為那有科學根據？」

「當然沒有，」我立時搖頭：「人死了，那就表示他的呼吸停止了，血液不再循環了，億萬個細胞都死了，不能再活動了——」

我是大聲地在回答着他的問題的，可是我只講了一半，便停了下來，因為我愈是試圖用科學的觀點來解釋生和死的問題，便愈是發現，在生和死的奧秘上，我們的科學家所作的努力，實在少得可憐！

譬如說，人死了，血液不再循環，呼吸不再持續，細胞自然也失去了生命力，是死去的細胞。可是，只要屍體不腐爛的話，頭髮和指甲，便都能繼續不斷地生長，這樣的例子我們見得太多了，為什麼頭髮和指甲的細胞，能夠在全然沒有生命的支持下，繼續生長下去，延續達幾年之久才停止活動？

而且，我無法講下去的另一個原因是，鄭保雲的父親就在底艙之中，他實實在在，是一個死人，但是他的身子未曾腐爛，他也能夠行動，看來，在他身上死亡的，只是腦細胞，而其他部分的細胞，還保持着活動，那麼，這又是什麼樣的特殊情形呢？

所以，我無法不將講到一半的話停了下來。我呆了半晌，才道：「忘掉我剛才的話，我認為這是現代貧乏的科學知識，還不能作出完滿答覆的問題之一。」鄭保雲顯然對我這樣的回答，感到十分欣慰，我又道：「請你再講下去，剛才你講到你移開了棺蓋，他突然坐了起來。」

鄭保雲深吸了一口氣：「是的，他突然坐了起來，我僵立着，在那片刻間，我心中的感覺，實在難以複述，過了很久，他仍然坐着，我才想到，我應該叫他一聲，可是直到那時，我張大了口，喉間發不出一點聲音來，而在那時候，他竟跳出棺材來。我當時所能做的事，就是拉了我的母親，逃了出去。」

「我們逃出了客廳，我母親幾乎昏了過去，我在定下神來之後，竭力安慰着她，我聽得大廳中有許多下撞擊的聲音傳了出來。我在僕人中找了四個最可靠而又孔武有力的，向他們講明了這情形，並且許以重金，警告他們絕不能將這件事講給任何人聽。」

「我們再走進去，看到他站在大廳中心，撞倒了好幾張椅子，他的手抓在一張椅子的椅柄之上，抓得椅柄發出『格格』的聲音，我們合力將他弄進了棺材，又蓋好了棺蓋。當天晚上，我和我母親商量好久，她只是哭，什麼主意也沒有，而我，已用一副聽診器聽過他的胸口，而且，可以肯定他沒有呼吸，他是一個死人，我提議仍然將棺材蓋密封，將他葬下去，但是我母親卻不同意，她說：『阿保，你怎能生葬你阿爸，他會走路啦！』」

鄭保雲攤開了雙手：「的確，我雖然肯定他是死人，但是他卻會活動，要我硬起心腸來，當作普通的死人那樣葬了他，我也硬不出這個心腸來，於是我們仍然照原來的計劃進行，將他送回原籍去！」

「第二天，我到造船廠改變船隻的設計，加多了一個由我的睡艙中，由秘密通道才能到達的底艙，到船造好的那天，由那四個僕人，將他從棺材中移了出來，他沒有動作時，完全是一個死人，但是當他有動作時，力道卻大得驚人，他曾拗斷了那四個僕人其中一個的臂骨！」

對於鄭保雲所說的這一點，我並不表示懷疑，因為我就幾乎被「他」的五隻手指，將我的肩頭抓得生疼！

鄭保雲道：「所以，我只好將他鎖在板牀上，他根本不會吃東西，也沒有任何排泄，我發現他對光線有特殊的反應，而在黑暗中，他也會不斷地踢牀板，撾牀板。你說，衛先生，我船上有那麼可怕的……」

他遲疑了一下，仍不知道應該將他的父親稱為「可怕的」什麼才好，是以他苦笑了一下，才道：「我自然不肯讓一個陌生人上船來！」

我點了點頭，表示他對我開始的那種粗暴，我已完全原諒了他。

他又道：「而當我在黑暗之中，忽然看到你的時候，我還以為他掙斷了束縛，走了出來，而且我還聽到你講話，我還以為他會開口了！」

這時，我已經對事情的經過完全明白了，我也明白了為什麼他在黑暗中，一見我便昏了過去，而在他醒來之後，他喃喃地說「他竟會講話」，原來他是將我當作了那可怕的殭屍！

我將他對我所作的叙述，迅速地再想了一遍。由於我的而且確，已經看到了那個可怕的「活死人」在先，是以我對他的叙述，沒有懷疑的餘地。

我呆了許久才道：「你是想將他運回原籍去落葬的，何以忽然又改變了計劃？」

「我在快到目的地之時，才改變計劃的，我忽然想到，像他那樣的情形，我們在才一遇到的時候，自然是驚惶失措，駭然欲絕，但是如果我們在冷靜下來之後，我們就可以感到，那實在是一個科學研究上，極有價值的課題，我想留着他作研究。」

我皺起了雙眉，不錯，鄭保雲說得對，那的確是極其值得研究的事，我感到我對鄭保雲的估計，犯了錯誤，他的神經質，是因為不平凡的遭遇而來的，他本身還不失為一個冷靜的人。

他伸手在我的肩頭上拍了一拍：「我聽過你的許多傳說，所以我才想起來找你，我以為這種研究，自然秘密進行，而你，正是我進行秘密研究的最好伙伴，你同意麼？」如果鄭保雲的話，是一種邀請的話，那麼我實在無法拒絕這個邀請。

我是一個好奇心極重的人，我自然想知道，為什麼一個死了三年之久，在這三年中，一點空氣也接觸不到的死人，竟然還保持着活動的能力！

我立時點頭：「好的，我參加你的研究，也一定替你保守秘密。」

鄭保雲聽了我最後一句話，十分高興地點了點頭，我那時，的確是真正替他守秘密的，但現在我終於又將這件事寫了出來，那是因為這件事發展下去，出現了我和他兩人都萬萬意料不到的結果之故。

當時，鄭保雲站了起來：「我已將一切經過對你說了，可是我看你的神情，仍不免有點懷疑，你可要再徹底去檢查一下？」

鄭保雲的話，正道中了我的心事，我立時道：「好的，你有聽診器？」

鄭保雲拉開了一隻抽屜，取出了一隻聽診器給我，我接了過來，然後，我在他的肩頭之上拍了拍：「鄭先生，我們既然將令尊當作科學研究的課題，那我們都不必再害怕，是不是？」

他點頭道：「不錯，而且，我們也不必當他是我的父親，我們要肯定的是，我父親已然死了，而他，只不過是……是……」

他像是十分難以講下去，我接口道：「他只不過是一具屍體而已。」

「是的。」鄭保雲立時表示同意。

我拿着聽診器，和他一齊又向底艙中走去，到了底艙的那扇門，我略為停了一停。剛才我曾叫鄭保雲不要害怕，但那實在也是我自己壯膽的說法。我絕不是膽子小的人，可是現在我所接觸到的事，和人的生命的奧秘有關；我是人，是以自然也因之而產生出一股極度的神秘之感。

這種神秘之感，是一令人想到了這件事，就會不寒而慄。

我回頭向鄭保雲看了一眼，他顯然和我有同感，我慢慢地推開門，將門推開了幾寸，向內望去，我看到「他」直挺挺地站着。

我深深地吸了一口氣，慢慢地走了進去，向「他」接近，我必須在他字上加引號，是因為他這個字，習慣上是用來代表一個人的，而「他」是不是人，很難肯定。

當我向「他」接近之際，「他」沒有什麼反應，一直直挺挺地站着不動。

而在我來到了離「他」只有三四呎之際，「他」忽然有了反應，「他」的身子向上，跳動了一下。

不知是為了什麼緣故，「他」的那種跳動，使我聯想到了紙碎在靜電作用下的那種跳動。

我連忙站定身子，「他」也靜了下來。我向後退，「他」沒有反應。而當我又向前走去的時候，「他」又跳動了一下。我轉過頭來：「你看，『他』不但對光線有反應，有人接近『他』，也有特殊的反應！」

鄭保雲點了點頭：「是，你小心些。」

我又踏前了一步，離得「他」更近了，「他」的雙臂動了起來，我將聽診器的兩端，塞入耳中，將另一端，按向「他」心臟的部位。

聽診器才一接觸到「他」的胸口，「他」的手臂，突然揚了起來，「他」的手也放在我的手臂上，我勉力鎮定心神，但是我還是聽到了突突的心跳聲。

我聽到的心跳聲，不是「他」的，而是我自己的！

在聽診器的兩端，我聽不到任何聲響，「他」顯然是一個死人，我不但聽不到心跳聲，也聽不到血液流通的聲音和呼吸聲。

我聽不到在「他」體內發出的任何聲響！

我放下了聽診器，輕輕地撥開了「他」的手，「他」的手垂了下去，我自衣袋中，取出了一柄十分鋒鋭的小刀，轉過頭來，向鄭保雲看了一看。

鄭保雲人很聰明，他立時知道我要做什麼了，是以向我點了點頭。

我慢慢地移動着身子，想站到「他」的側邊去。可是奇怪的事發生了，當我慢慢地轉動着身子，快站到「他」側邊去的時候，「他」也轉動着身子，和我始終是面對着面！

我吸了一口氣，鄭保雲道：「衛先生，你對『他』有影響，『他』在跟着你動！」

我道：「不是我對『他』有影響，我看是每一個人對『他』都有影響，我看，這只怕是靜電的影響，我們的人體，是一個帶電體。」鄭保雲道：「或許是那樣。」

我取了小刀在手，本來是想在「他」的耳朵上割下一點來觀察的，但現在我既是無法來到「他」的側邊，所以我只好對準了「他」的手臂劃了一下。

那柄小刀十分鋒銳，我那一劃的動作，也十分快捷和有力，「他」的手臂之上，也立時出現了一道傷痕。「他」顯然沒有疼痛的感覺，因為「他」仍然站着一動也不動。反倒不如我向「他」走近的時候，「他」還突然向上跳了一下。

我也根本未曾希望，我在割破「他」的手臂之後，在「他」的身子中，會有血流出來。

我只是湊近身去，想看看「他」的肌肉被割破了之後的情形。可是，當我湊近頭去之際，我卻不禁地陡地一呆，失聲道：「鄭先生，你來看！」

我突然一叫，反倒將鄭保雲嚇了一跳，他非但沒有近來，而且還向後退開了兩步。

我也立時退出了兩步，又叫道：「你看！」

我一面叫，一面伸手指着「他」手臂上被我割破的地方，鄭保雲離得「他」雖然比較遠，但是也可以看得十分清楚。

這時，在「他」手臂上的傷口之上，正有一滴晶瑩的液體滲出來，那情形就像我們正常的人在受了割傷之後，有鮮血滲出來一樣。

但是自「他」的手臂中流出來的，顯然不是鮮血，而是一滴透明的液體，那一滴液體愈來愈大，終於滴了下來，滴在艙板之上。

我起先被這種奇異的現象，弄得完全呆住了，直到那滴液體滴到了艙板之上，我才想起，我們要對「他」進行研究的話，這滴液體，一定是極其重要的研究對象，應該將之搜集起來作研究之用。

我連忙踏前一步，俯身下去看時，那滴液體已然了無形迹可尋，再向「他」手臂上的割口看去，只見「他」手臂上的傷口，已顯得十分乾枯，再也沒有什麼液體滴下來。

我和鄭保雲兩人互望着，都覺得莫名其妙。也就在這時，「砰」地一聲響，一直站着的「他」，突然向下，倒了下去。

「他」倒在艙板上，直挺挺地，一動也不動。

我和鄭保雲兩人，又呆了半晌，才一齊向「他」走過去，這一次，我們來到了「他」的身邊，我並且還伸手碰到了「他」的肩頭，但是，「他」卻一點反應也沒有。

我低聲道：「『他』死了。」

鄭保雲道：「『他』早已死了。」

我忙改正我的話：「我的意思是，現在，『他』不會再動了！」

鄭保雲的臉上，現出了一片迷惘的神色來：「為了什麼？因為那滴液體自『他』身中，流了出來？」

我並沒有回答他的話，因為我也不知道，究竟是為了什麼！

鄭保雲又問道：「那一滴液體又是什麼？為什麼會在『他』的身子之中，為什麼那樣的一滴液體，能使一個死了三年的人，有活動能力？」

我仍然不出聲，因為我根本無法回答這個問題，而且，那滴液體，也已經消失了！

我再向「他」看去，「他」身上的皮膚，在起着一種十分明顯的變化，本來，「他」的皮膚，是緊貼在骨頭之上的，給人一看就有一種繃硬之感。

但是現在，「他」的皮膚卻鬆弛了，變得好像一摸就會脫下來。我道：

「鄭先生，我們先將『他』抬到板牀上，看看『他』是不是有別的變化。」鄭保雲點着頭，我們將「他」抬到了板牀上，又看了一會，鄭保雲按着電燈開關，開了又關，關了又開。鄭保雲曾説過，「他」對光線有着十分敏感的反應，而且，我也親眼目擊過。

這時，電燈熄了又着，好幾次，「他」卻仍然一動也不動地躺在板牀上。

我搖着頭：「鄭先生，看來『他』是真的死了，真可惜，我們竟未曾留下那滴自『他』體內流出來的液體，要不然，我們或者可以知道其中奧秘。」

鄭保雲呆呆地站着，也不知道他在想些什麼，過了幾分鐘，他才抬起頭來：「我有一個私人的解剖室，設備十分完善，我想將『他』的屍體，進行徹底的解剖，不知道你是不是肯幫助我？」

我攤了攤手：「你不必考慮我是不是肯幫助，我要反問你，你的母親，是不是會同意，在她這一代的人看來，兒子要解剖老子的屍體，那簡直是一件大逆不道，天打雷劈的惡事。」

「她當然不會同意，但我們可以瞞着她！」

「好的，」我答應了他，去向「他」望了一眼：「我想我們要盡快上岸了，看來，屍體好像已漸漸在開始腐爛了，船上有冷藏庫？」

那一晚上，接下來的事情，便是我和鄭保雲兩人，用白布將「他」包了起來，「他」一直沒有任何動作，而且「他」的身子也變得鬆散，而不是那樣僵硬。

我們又將「他」一齊放進了船上的冷藏庫之中，那冷藏庫只用來儲放肉類，以備長途航行之需的，當我們將「他」放進了冷藏庫之後，我心中暗暗下定了決心，如果我以後再有機會乘這艘船的話，那我決計不會在船上吃任何的肉類。

當我們安排好一切之後，大副來報告，天氣情形已完全好轉了，再有一天航程，我們就可以到目的地了。我利用船上的無線電通訊設備，告訴白素，我正在前赴馬尼拉的途中。

我是不必說明為什麼突然會遠行的，白素知道我隨時隨地會遇到各種各樣，稀奇古怪的事情。

那時，天已亮了，鄭保雲領我着去參觀全船，那的確是一條了不起的遊艇，如果我有足夠的錢，我也一定會照樣去造一條的。然後，我和鄭保雲以及他的母親，一齊進早餐，我們三個人，用鄭保雲的家鄉話交談着。

鄭保雲告訴他母親，他阿爹的屍變問題已然解決了，他也勸他母親別回原籍去，回到馬尼拉之後，將屍體好好葬了，也不必再奔波了。

老太太多半是給屍變這件事嚇壞了，是以一聽說屍體已不再活動，便十分高興，也不再和她的兒子爭論什麼，就答應了鄭保雲的話。

老太太的興致十分高，她不斷地講着話，而將我當作對象，她提及很多有關她丈夫的事情。她的丈夫，本來就是一個傳奇人物，人家甚至傳說他可以預知幾天之後的事情，是以商場上的一切變化，他都可以料得中，所以無往而不利，成為著名的富豪。

對於這樣一個傳奇人物（尤其他死後還出了那樣的奇事），我自然對他的早年生活的情形，也十分有興趣，我問了好幾個問題。

經我一問，老太太的興致更高了，她不斷地叙述着她丈夫以前的事。這些事與以後的事情意料之外的發展，是有相當程度的關係，所以，我將老太太的話，歸納起來，成為鄭天祿先生（鄭保雲的父親）的一個小傳。只在這個小傳中，是看不出什麼來的，但如果將這個小傳保存起來，和我以後記述的事情對照起來，就可以看出，這個小傳極耐人尋味。

鄭天祿很小很小的時候，就離開了家鄉到外洋去。那年，他究竟多少歲，沒有人知道，他家鄉的人，也不知道他是哪一家的子孫，只知道他在菲律賓發了財回來那年，是二十四歲。他操着家鄉的語言，立時有很多人爭着認是他的長輩。

他究竟是什麼人家的孩子，一直沒有人知道，但一定是這條村的人，是不會錯的，因為在福建北部的山區中，那是些偏僻的鄉村，幾乎每一個村的語言，都是有差別的。

鄭天祿回家鄉來的目的是娶妻子，這件事，轟動了整個山區，幾十里外都有人爭着來説媒，可是鄭天祿娶妻的條件卻十分怪，他不要姑娘好看，也不要姑娘的家世好，而要他自己看過。

他看姑娘家的時候，戴着一副奇形怪狀的眼鏡，很大，會放光（關於這一點，老太太無論如何說不出那眼鏡是什麼形狀來），他揀了足足一個月，才揀中了老太太，老太太家中十分窮困。

鄭天祿拿錢出來辦喜事，辦好喜事之後，又住了一個來月，才帶着老太太離開了家鄉。

鄭天祿只有一個兒子，就是鄭保雲。鄭天祿從來也不生病，只有一次，老太太忽然發現他身子發燒，請來了一個西醫，逼着他看，可是那西醫卻不知為什麼，藥方也沒有開就走了。

鄭天祿有着料事如神的本領，他的錢也愈來愈多。

由於他只有一個兒子，是以老太太曾勸鄭天祿多討幾房妾侍，但鄭天祿不答應，老太太硬討進門來，他卻連望也不向那些妾侍望一眼。（老太太講到這裏的時候，其詞若憾矣，實乃深喜也）。

鄭天祿的確有過人的預見力，那是老太太一再強調的一點，老太太還舉了許多日常生活中，鄭天祿有預見力的例子，來作證明。其中有好幾點，是鄭保雲也點頭證明確有其事的。

由於老太太舉的例子十分多，我自然不能一一盡錄，一般來說，鄭天祿似乎有一種超特的能力，使得他能知道七八天之後將會發生的重大的事故。

我在聽完了老太太的敘述之後，心中當時只有一個疑問，於是我將這個疑問，提了出來。

我問道：「老太太，照你所說，鄭先生是沒有家人的了？何以他是你們村中的人，卻會一個親人也沒有呢？」

老太太道：「我也不知道，或者，是他的親人早已死完啦，鄉下日子，死人容易啦！」

我沒有再問下去，因為再問下去的話，我找不出適當的、有禮貌的話來發問，我覺得鄭天祿有一點來歷不明。他的身世根本沒有人知道，而他只不過憑着一口土話，就被村裏的人認定了他是這個鄉村出去的，而且，多半也為了那時候的鄭天祿已經發了財。

我也會講那種方言，如果下點工夫的話，我也可以將這種方言學得十全十美，若是我去冒認自小從村子離開的人，村人也會相信。

如果說鄭天祿來歷不明，在鄭老太太面前，那當然是極不禮貌的事。而我終於未曾問出來的更主要原因，是我想不出鄭天祿要假冒那個村子村民的原因。他假冒了村民，若是為了去娶當地一個窮人家的女兒做妻子？那實在是太匪夷所思了！

在那一天中，我整天都成了老太太談話的對象，老太太對我十分有好感，還問我結了婚沒有，看來大有替我做媒的意思。

在那一天中，我幾乎沒有機會和鄭保雲講話，一直到晚上，老太太睡着了，我才向鄭保雲：「冷藏庫中，沒有什麼事發生？」

「沒有，」鄭保雲回答：「真奇怪，『他』看來真的死了，流出了那滴液體之後，『他』就死了，這究竟是什麼緣故？這實在太奇怪了！」

第五部

異乎尋常的屍體

在日間，我沒有對老太太提出來的疑問，此際，我卻對鄭保雲提了出來，我道：「鄭先生，你不覺得你老太爺的身分很神秘麼？」

鄭保雲倒很肯接受事實，他點了點頭：「是的，我也以為他很神秘，而且，在他活着的時候，有很多異乎常人的地方，他幾乎從來不生病，他一生之中，只有過一次和醫生接觸的機會——那是我母親說的。」

我道：「而且，那一次，醫生是逃離去的，我相信一定是被他用十分難堪的話罵走的。」

鄭保雲笑了起來：「我猜想也是那樣，因為他罵起人來，十分厲害，每一個人都怕他，他像是知道每一個人心中的隱私。」

我又道：「那麼，你以為，他死後在他屍體上的變化，是不是和他生前異於常人這一點有關呢？」

鄭保雲想了一想，才道：「那要等到屍體解剖之後才能有答案。也許，我們永遠得不着答案。」

我點了點頭，表示同意他的話。以後的兩天航程中，我們幾乎每隔一小時就到冷藏庫去看「他」一次。「他」相當平靜，不再有任何動作。

終於，到達了目的地，鄭保雲先派人送他母親上岸去，然後，將「他」用油布包了起來，和我兩人，親自押運着，到「他」的私人解剖室去。

「他」的私人解剖室是在市郊，路途相當遠，大約是三小時的車程，菲律賓的天氣酷熱，車廂中雖然有冷氣，溫度也相當高。

在車行一小時之後，我和他兩人，都有點忍不住油布包中所發出來的異味。鄭保雲將車子的速度提得更高，一面喃喃地說，如果不是怕自己的行動被人知道，一定利用直升機，可以快得多了。

又過了一小時，異味愈來愈甚，已到了我們兩人都無法忍受的地步，我們不得不打開車窗子來。可是那樣一來，卻更糟糕了，因為車廂中的氣溫更高了！

那異味自然是因為屍體變壞而發出來的，而屍體變壞，則是因為氣溫高的緣故，車窗一開，無異是加速屍體的變壞，可是我們卻又沒有別的辦法可想！

等到車子終於駛進了一個綠蔭遮蔽，十分美麗的園子之際，我們兩人都感到胃部陣陣抽搐，因為那種氣味，實在是太難聞了。

車子一停，便有幾個人奔了出來。可是那幾個人一奔到車子旁邊，便呆住了，臉上現出了奇形怪狀的神情來，當然是因為他們也聞到了那難聞的臭味之故。

鄭保雲和我，一齊打開車門，衝了出去，鄭保雲大聲喝道：「站着幹什麼？快將那油布包搬進解剖室去，那是我……得來的一具屍體！」

那些人既然是在解剖室中工作的，對於屍體自然不會太吃驚，可是腐臭的屍體，並沒有解剖的價值，是以他們的臉上，仍然充滿驚訝的神色，他們將油布包從車中抬了出來。

鄭保雲又吩咐道：「連包浸在甲醛中，讓我自己來解開它，我不需要你們的幫手，別來打擾我。」

那幾個人連聲答應着，抬着油布包走了。鄭保雲轉過身來，他說出了我早已想說的一句話：「屍體為什麼腐爛得那麼快？」

我道：「我也在奇怪，或許，是因為他死了已有三年的緣故，我……想先洗一個澡，將身上沾染的臭味洗去，可以麼？」

「當然可以，我也正想那樣，屍體在浸入甲醛之後，不會起變化。」

鄭保雲説着，將我帶進了屋子，我看到了許多生物標本，和人體模型，鄭保雲道：「你覺得奇怪？」

我只是反問道：「聽説，你得過好幾項博士銜？」

「是的，」他多少有些得意：「我的天分很高，幾乎對什麼都有興趣，我的四個博士銜中，有一個是生物學博士。」鄭保雲愈説愈起勁：「我的一篇論文，題目是《抗菌在血液中的生存》，曾得過很高的評價，而我又有足夠的財力，所以能建立一個完善的解剖室。」

我道：「你可能有令尊的遺傳，他不是有很多地方，證明他是天才麼？」

鄭保雲不由自主地笑了笑：「請使用這間浴室。」

我走進了他指給我的那扇門，痛痛快快地洗了一個澡，精神為之一振，當我走出浴室的時候，鄭保雲早已在等我了，我們一齊到他的解剖室去。

那解剖室設在一排房子的中間，要經過一條相當長的走廊，才到達門口，鄭保雲對站在門口的兩個人道：「你們走開些，別來理我！」

那兩個人中的一個道：「鄭先生，那屍體——」

鄭保雲不等他講完，便突然怒吼了起來：「走開，我已經説過，不干你們的事！」

那兩人不敢再說什麼，連忙低着頭走了開去，鄭保雲打開了門，在我和他兩人走了進去之後，他立時將門鎖上，那是一間設備十分完善的解剖室，屍體仍然被油布包着，浸在一個白瓷池子中，池子中的液體，自然是甲醛，所以整個解剖室中，充滿了那種怪異的味道。

鄭保雲來到一個櫃前，打開了櫃門：「我不習慣甲醛的氣味，所以我在解剖時，戴氧氣面罩的，你也選用一副？」

我向他走去，在櫃中取出了一副氧氣面罩來戴上，那使我呼吸舒暢，舒服了不少。而且，他的氧氣面罩顯然是特製的，壓縮氧氣自解剖室的天花板上傳下來，有很大的管子連在面罩上。而在戴上了面罩之後，我們可以利用無線電對講機，毫無困難地講話。

鄭保雲還告訴我，儲藏在天花板上的壓縮空氣，和一般潛水人採用的壓縮氧氣是不同的，那是幾個醫生研究出來的，對人體健康最有益的空氣，如同高山上清新的空氣一樣，令人在呼吸到這種空氣時，有全身充滿了活力的感覺，從而增進工作的效力。

鄭保雲既然是財力如此雄厚的人，他自然不會對我虛張其詞，而我在戴上了呼吸面罩之後，確然有一股異樣的清新之感。

我們一齊來到了那白瓷池子之旁，第一步工作，自然是將油布解下來，這工作由鄭保雲來進行，他用一柄十分鋒利的刀，在油布上，劃了一下。

油布包立時裂了開來。

可是，就在油布包裂開來的一剎間，我們意料不到的事情發生了，隨着布包的裂開，只見大量黑色的液體，自布包之中，漏了出來。

那種液體是如此之多，以至在不到十秒鐘之內，在我們還根本未曾料及發生了什麼事之際，整個池子中的甲醛都被染黑了！

那情形就像是在油布包中包着的，根本不是人，而是一大包墨汁！

我和鄭保雲都呆住了，我聽得鄭保雲發出了一下尖銳的叫聲，問道：「這是怎麼一回事？」

我也不知道那是怎麼一回事，但是我至少比鄭保雲來得鎮靜些，我道：「可能是因為氣溫的緣故屍體腐爛變水了。如果我料定不錯的話，那麼，總還有骸骨留下來的，請你將染黑的甲醛放去。」

鄭保雲有點手足無措地點了點頭，按下了一個掣，池子中的黑色液體迅速低落，我們也立即看到了那油布包，和剩在油布包中的一副骸骨。

這證明我所料不錯，油布包中的黑水，確然是屍體腐爛之後產生的。然而這時，我們卻根本未去想及，何以屍體會腐爛得那麼快，而且在腐爛了之後，會變成墨汁一樣的黑水，因為我們全被那副骸骨吸引住了。

那是一副人的骸骨，那似乎是毫無疑問的了，但是如果你去告訴一個醫科學生，說那骸骨是人的骸骨，他一定會大搖其頭。

那副骸骨還十分完整，有臂骨、腿骨，指骨已脫落，但是那都不成問題，而令得我和鄭保雲兩人，張口結舌的是兩個地方，第一，它的肋骨是板形的，而且一面只有三條，有一條環向背後，成為一個圓環，有半吋厚，五吋寬。

支持肋骨的，是前後各一條長骨，和普通的脊椎骨很相似，但是它的節數卻多得驚人，在那樣的情形下，我們自然不及去細數，但也可以肯定，它決計不只三十六節，而至少在一百節以上。

一個前後都有那脊椎骨的人，一定可以毫無困難地，不論向前或是向後，將身子拗成一個圓圈。

而且，在盆骨之上，也有如同肋骨一樣的骨骼，只不過比較細，像指頭般粗幼，每一邊有六格，呈環形。但是最奇特的，還是他的頭骨，在他的鼻孔骨對上，有着四個孔；四個，那四個孔是在眼孔之下，我不能講出這四個孔有什麼作用。

我和鄭保雲兩人，足足呆立了三四分鐘之久，他才發出了一下呻吟：「天，他是什麼啊！」

「他」是什麼呢？鄭保雲的父親，大富翁鄭天祿是什麼呢？不但鄭保雲在問，我心中也在自己問自己。「他」決計不是人，人是不會有那樣的骨骼。「他」甚至不是脊椎動物，因為還找不到有什麼脊椎動物的腹腔上有骨骼保護的。

那麼，「他」是什麼呢？實實在在地說來，生活在人的社會中，而且，「他」還是一個成功的人，「他」的商業機構，遍佈東南亞，「他」是一個成功的商人，他也有兒子。

當我想到「他」有兒子之際，我不由自主，轉頭向鄭保雲望了過去。

鄭保雲敏感地直跳了起來：「別看我！別看我！」

接着，他喘着氣，向我衝了過來，突然抓住了我的手，在他自己的胸口亂按：「你摸摸，你看，我的肋骨是和你一樣的，而且，我的肚子上，也沒有骨頭，你可以按得出來的！」

他又將我的手，在他的腹際用力地按着。

他說得不錯，他的肋骨的確和我的一樣，而且他的腹部，也和我一樣，並沒有骨頭環繞着。可是，他的父親卻不一樣！

我的心中，起了一股極其奇詭的感覺，那種感覺甚至令得我說不出話來。

鄭保雲大聲道：「那一定是什麼人的惡作劇，沒有人會有那樣的骨頭，那不是骨頭，是什麼人用塑膠做了，來嚇我們的！」

他一面説，一面拿起一枝木棍，在瓷池子中，用力地搗着，將那副骸骨搗散。然後，他拿起一塊肋骨來，用一柄長刀，用力將那肋骨劈了開來。

當那塊肋骨被劈開之後，他停下手來。

而當骨頭被劈開之後，他也知道那決計不是什麼人的惡作劇，而那是千真萬確的骨骼了，那是任何人一看那肋骨的剖面就可以肯定的事。

鄭保雲的身子搖晃着，像是要昏過去的樣子，我連忙過去扶住了他，他喃喃地道：「為什麼會那樣？『他』是什麼？『他』是什麼？」

我安慰着他：「『他』自然是人。」

「人？人有那樣的骨骼麼？」

「『他』或者是一個畸形的人，鄭先生，人體有很多畸形的，有一種鎮靜劑，產生了成千上萬的畸形人，那並不是什麼稀奇的事。」

鄭保雲靜了下來，望了我片刻，才又道：「你憑自己的知識説，那是畸形的骨骼麼？那是一具發展得極其完整的骨骼，那是幾十萬年，甚至幾百萬年進化的結果，而那種進化，一定是在一個和地球上的環境截然不同的地方進行着的，所以才產生了那種截然不同的骨骼結構，那不是畸形！」

我沒有別的話可說了。

我剛剛所以說那副骨骼可能是一副畸形的骨骼，那是為了安慰鄭保雲，連我自己的心中，對自己所說的話也不相信。這時，我自然更加啞口無言。呆了片刻，才道：「那麼，你的意思是——」

我一面說，一面向他望去，透過氧氣面罩，我可以看到他的臉色，蒼白得可怕，就像在船上的時候，他將我當作殭屍而昏了過去的時候一樣。

我想講什麼，他卻已向後退開了幾步，在一張椅上，坐了下來。我深深地吸進了一口氣，來到了他的身邊，又問道：「你有你的看法，不妨說出來，站在科學的立場上研究這件事，大可不必顧忌什麼。」

鄭保雲竭力側過頭去，像是想避免回答我這個問題，但是事實上，他卻沒有法子躲避得過去，我等着他的回答。等了足足有一分鐘之久，我才聽到他用近乎呻吟似的聲音道：「我以為……他……他不是地球人。」

不是地球人！

這也正是我想到的結論，但是，當我聽得鄭保雲講出這句話來之際，我仍然有一種戰慄之感！

我也在一張椅子上坐了下來，我們兩人，就一齊那樣呆呆地坐着，坐了好久。

我不知道在那一段時間中，鄭保雲心中的感覺如何，但是我自己的心中，卻亂到了極點！

鄭天祿如果不是地球人，那麼，自然來自別的星球。

他來自別的星球，在地球上獲得了極大的成功，甚至在地球上娶妻生子！

如果他是外星人的話，那麼，鄭保雲是他的兒子——

當我想到這裏的時候，我突然明白鄭保雲的臉色，為什麼會像被判死刑的那樣難看了。

因為鄭天祿是他的父親，而如果鄭天祿是來自其他星球的話，那麼他，鄭保雲就是一個混血兒——一個外星人和地球人的混血兒！

那絕不是普通的混血兒，而是地球人和外星人的混血兒。那實在是一件令人無法接受，甚至是無法想像的事！看鄭保雲的神情，他當然是也想到了這一點，是以他才會整個人都呈現了神經崩潰狀態！

我知道自己應該做些什麼，和說些什麼了。

我沉聲叫道：「鄭先生！」

他對於我的聲音，一點反應也沒有，我提高了聲音，又叫道：「鄭先生！」

他仍然沒有反應，我第三下的叫喚，幾乎已是扯直了喉嚨在叫嚷了，我高聲叫道：「鄭先生！」

他對那一下叫喚，總算有了反應，整個人都震了一震，失魂落魄地向我望來。

我向地做了一個手勢，又用十分誠懇的聲音道：「你說他不是地球人，我初步的意見，也是和你相同的，不過——」

我才講到這裏，他便打斷了我的話頭，在我意料之中地道：「那麼……我是什麼？」

我不理會他這個問題，鄭保雲始終是一個十分敏感的人，如果他認定了他自己是外星人和地球人的混血兒，那是一個極大的悲劇！

我自顧自道：「那只是我和你兩人初步的、直覺的論斷，我們未曾有任何證據，來證明我們的論斷是正確的。」

鄭保雲聽得我那樣講，精神似乎振作了一些，但是他隨即又十分頹傷地道：「那副骨骼，難道……難道不足以證明麼？」

我搖着頭，道：「自然不足以證明，畸形的骨骼，有時也會給人以完整的印象的，我們還得從各方面來搜集證據，證明他是外星人！」

鄭保雲先生是低着頭在聽我講，但在我講完之後，他抬起頭來，望了我片刻，才道：「你是想證明他是外星人呢，還是想證明他不是外星人！」

我自然聽得出，鄭保雲那樣問我，是已然知道了，在我的主觀願望上，我希望鄭天祿不是外星人之故。但是我要裝得不明白他的意思：「那是沒有分別的，我們只是按照搜集來的證據來判斷，如果他不是外星人，那自然是地球人。」

鄭保雲笑着，看來他已接受了我的說法了。

我自椅子上站了起來，又向浸在瓷池子中的那一堆白骨，望了一眼，心中也不禁苦笑了一下。

那件事，一開始便怪異絕倫，但是卻做夢也想不到會有那樣的變化，我們會開始懷疑鄭天祿根本不是地球人！

在我站了起來之後，鄭保雲也站了起來，我和他一齊除下了氧氣面罩。

一除下了氧氣面罩之後，我們立時嗅得到，整個解剖室中，充滿了異樣腐臭味，鄭保雲幾乎一口氣地奔出了解剖室，我跟在他的後面。我們來到了一間十分華麗的起居室中，鄭保雲在吩咐僕人送咖啡來之後，問我道：「我們怎麼開始？」

我皺着雙眉：「我們可以從兩方面開始，第一，我們要詳細檢查……他的遺物，看看有什麼證明他不是地球人的東西。第二，我們要和所有熟悉他的人交談，在談話中了解他的為人。」

鄭保雲苦笑：「我想，我們不必找別人了，我是他的兒子，我自承我對他的了解不夠深，因為我從小就在外國讀書，但是我的母親，卻是對他最了解的人了，她幾乎一生和他在一起。」

我同意他的說法，但是我還是補充道：「有一個人，我們是必須找他談談的。」

「什麼人？」鄭保雲立時問我。

「那位醫生——你總還記得，他一生之中，只和醫生接觸過一次，而那醫生卻是逃一樣地離去的，我本以為他是將那醫生罵走的，但是現在，我卻認為另有原因，可能因為是那醫生發現了什麼難以想像的事實，是以才倉皇離去。」

鄭保雲望着我，在我講話的時候，他臉上的神情，變換了好幾次。

我自然不知道他的心中，究竟在想一些什麼，但是從他臉上的神情來看，我總可以知道，他正想到了什麼！而在我講完了之後，他又好半晌不出聲，這令得我不得不問他：「你想到了什麼？」

我只不過是隨便一問，但是鄭保雲卻十分明顯地吃了一驚，而且，他用十分拙劣的謊話掩飾着，道：「沒有什麼，沒有什麼，嗯，那位醫生，本來十分出名的，但是他現在已退休了！」

我心中疑惑着，因為鄭保雲的態度十分不對頭，顯而易見，他心中有什麼事瞞着我。

但是那時，我卻沒有去想深一層，因為鄭保雲的心中若是有什麼事不想告訴我，他是有這個權利的，所以我也不再去追問他，我只是道：「那不要緊，只要他還在生，我看，我們可以分頭進行，你去檢查令尊的遺物，我去拜訪那位醫生。」

鄭保雲站了起來，他背對着我：「好的，那麼，我要回馬尼拉去，那位醫生，據我所知，他退休之後，在市區附近居住，你可以向有關方面查問他的地址。在訪問了那位醫生之後，到馬尼拉和我見面。」

我點頭道：「我必須向你借用汽車。」

「那不成問題，我在這裏，有好幾輛車子，你可以隨便！」

第六部

一個醫生的意見

他將我帶到了一排車房之前，在那一排車房中，停着七八輛汽車，我揀了一輛跑車，他將車匙交給了我。

我實在急於和那位已退休的醫生會晤，因為這位醫生，他一定曾經檢查過鄭天祿，他自然也可以知道鄭天祿的骨骼構造，何以會與眾不同。

所以我立時坐進了車子，鄭保雲低下身來，低聲道：「請你記得，這只是我和你兩人間之事，絕不要讓任何第三者知道！」

我呆了一呆，想告訴他，如果我去拜訪那位醫生的話，那麼，我必然要對那位醫生談起這件事來，可是我的話還未說出，他就一轉身，走了開去。

我沒有再說什麼，便駕着車，離開了他的解剖室，在公路上疾馳，我將車子的速度控制得相當高，我估計要兩小時左右，才能到馬尼拉，我可以向報館方面打聽那位醫生的住址，因為那一位醫生在未退休前，是十分著名的一位名醫。

我的車子，在公路上追過了很多車，隨着路標的指示向前駛着，當我駛出了約有三十哩左右之際，我來到了一個岔路口上。

我本來是可以直衝過去的，可是就在我將近駛到路口之際，突然有兩輛大卡車，自橫路上，駛了過來，攔住了我的去路。那兩輛大卡車突如其來，如果不是我及時剎車，一定已撞上去了！

當我在千鈞一髮之際，剎定了車子的時候，我已然心知事情十分蹊蹺，是以我立時將車子後退了十多呎。也就在那時，在那兩輛大卡車內，至少有二十名漢子，跳了下來，他們的手中，都持着鐵棍，其中有兩個，才一跳下，便衝到了我的車子之前，不由分說，便揮動着鐵棍，向我擊下！

這實在令得我大吃一驚，我實在是做夢也想不到我會在這裏受到襲擊。那兩個大漢的鐵棍，「砰砰」兩聲，擊在車頭上，一盞車頭燈立時碎裂，而其餘的人，也已蜂擁而上！

在那樣的情形下，我已然不及去思索我為什麼會遇到襲擊，我首先要做的事，便是如何逃避他們的襲擊！

他們總共至少有二十人，而且每一個人的手中，都有着鐵棍，我和他們去打鬥，不容易討好，而我可以利用的是，我是在一輛性能十分高超的車子中！

我必須巧妙地利用這輛車子，而不是去和他們徒手搏鬥，所以，我在車頭燈被擊碎之後，立時又令得車子迅疾無比地後退了十多碼！

那二十多人仍然追了過來，但是我已有可喘息的機會，我猛地踏下油門，車子發出了一陣怒吼聲，如箭一般地向前，射了出去，那些正在向我追來的人，顯然料不到我在突然之間，反向他們撞了過去，只聽得他們怪叫着，四下躍開。

他們避得再快，也快不過車子，有兩個人逃之不及，「砰砰」兩聲，被車子撞得向外直飛了出去，而我根本不去理會他們，待到車子直衝得到了離卡車不遠處，我才陡地扭轉了駕駛盤，車子發出了一陣難聽之極的吱吱聲，緊貼着卡車的車身，在路邊掠了過去，越過了卡車，重又衝上了公路。

等到我的車子，重又衝上公路之後，那些兇徒再想追到我，那簡直是不可能的事了！

是以，我立時可以靜下來，好好地想一想，為什麼會有人在半路上襲擊我！

那兩輛大卡車等在岔路口，在我的車子將要駛到之際，攔住了我的去路，那顯而易見，是有預謀的行動，決計不是偶然！

而我卻想不到有什麼人以我為目標而對付我，我才到這裏，自問在這裏，沒有什麼敵人！

看來，最大的可能是那些人誤以為我是鄭保雲！這裏的治安不好，而鄭保雲又是著名的富豪，會不會那些人有意綁架，而認錯了人呢？

那十分可能，當我一想到這一點時，我更感到，我不應該一走了之，而應該將那些人交給警方，至少，我也應該警告鄭保雲一下！

我幾乎是突如其來地停下了車，因為我想到我應該回去，而在我陡地停下了車之際，我突然發現，在我的車後，有一輛車子以高速跟着我，剛才我只當自己已脫離了危險，只顧在想着為什麼，竟未曾注意！

我的車子突然間停了下來，我倒並不是發覺了有人跟蹤而故意如此的，我只是想停車，掉頭，去通知鄭保雲一下而已。

但是，我在飛速行駛之際，突然停了下來，便令得跟在我後面的那輛車子，尷尬之極，那輛車子立時減慢了速度，但已在我的車旁，擦了過去。

而且，當它急急忙忙地停下來之際，它整個橫了過來，攔在路中心，我從車中站了起來，只見那輛車的車門打開，兩個人，凶神惡煞似的，向下跳了下來，他們一面下車，一面向懷中探去。

他們的動作，極其明顯：他們在取槍！

我心中這一驚實是非同小可，我剛逃過了近二十個人的鐵棍襲擊，這時又有人要用槍來對付我，第一次的襲擊，還可以說是誤會，是有人誤將我當作了鄭保雲，但是第二次襲擊，卻絕不會是弄錯人！

我並沒有武器可以還擊，在那樣的情形下，我只有逃！槍彈的速度比車子為快，所以我如果後退的話，沒有逃脫的機會，我必須迎着槍彈衝過去！

我連忙坐了下來，那兩人的手也從懷中伸了出來，他們的手中，果然各自握了一柄手槍！

而在那時候，我也猛地踏下了油門，我低下頭，車子像瘋了的野馬一樣，向前衝去，我聽了四五下槍響，接着，便是「砰」地一聲巨響，車身撞在前面的那輛車之上，我的身子仍然伏着，我覺得許多碎玻璃，像雨一樣地落到了我的身上。

我不顧一切地向前衝着，又過了半分鐘左右，我才直起身子來，回頭看去。我看到那兩個人離我已有七八碼，他們的車子，被我一撞，已撞得四輪向天，他們還在向前奔來，但他們當然追不到我了！

那時，我可以說是已經絕對安全的了，因為跑車已衝出了手槍的射程之外，但是就在一剎那間，我卻又踏下剎車，令車子停了下來！

因為我想到，我已經接連受到了兩次襲擊，那顯然是一項對付我的有計劃的行動。即使我逃脫了兩次襲擊，那麼，還會有第三次，第四次，逃不勝逃，我必須根絕這種襲擊，那我就必須找出這些人對我襲擊的原因，和他們的主謀人來。

我手中並沒有武器，但是我所駕駛的性能極佳的跑車，就是武器。

那兩個人的手中雖然有槍，但槍中的子彈是會用完的，我並不是沒有法子對付他們，我也必須對付他們！所以，我在踏下了剎車之後，立時掉轉了車頭。

那兩個人本來是在向前奔來的，可是我在突然之間掉轉了車頭，那一定使他們兩人，感到意外之極，他們反而停了下來，望住了我。

我一掉過頭來，便又踏下油門，車子的引擎發出了一陣怒吼聲，我真得感謝鄭保雲，也只有他那樣的富豪，才買得起性能如此優良的跑車！

車子向那兩人撞去，我又聽到了四五響槍聲，但是他們一面要向旁跳開去，一面發槍，顯然失了準頭，是以沒有一槍射得中我！

而當衝出了百來碼之後，車又掉轉頭來。

這一次掉轉頭來，看到前面的那兩人，都有驚惶的神色，他們分了開來，向路邊逃去。我自然不能同時去追兩個人的，是以我認定了左邊的那個，直逼了過去，他轉身向我連射了兩槍。

那兩槍，如果他留在我更接近他的時候發射，情形會怎樣，還真難說得很。

但是，他卻嚇破了膽，那兩槍發射得實在太早了，以致根本射不中我，而我的車子直衝了過去，等到我用力踏下剎車，車胎和路面的磨擦，發出了難聽之極的「吱吱」聲之後，他雙手作向前推狀，似乎憑着他的雙手一堆，就可以將車子的來勢阻住。

車子一停下，我便在座位上直跳了起來，身子一横，雙腳一齊飛起，已然踢中了那人的臉面，那人仰天便倒。我身子落下地來，也在地上打了一個滾。

我必須顧及另一個人，因為那人的手槍中，是還有子彈的。

可是，當我打了一個滾之後，站起身子來時，我卻忍不住哈哈大笑起來，只見那人抱頭鼠竄，向前面逃之不及，像是他後面有整隊士兵在追趕他！

我知道我已完全勝利了，我拍了拍身上的泥沙，向那人走去，那人雙手掩在臉上，鮮血自他的指縫之中，流了出來，可知剛才我那兩腳，確實不輕。

我來到了他的面前，冷笑着：「行了，誰要你來殺我！」

那人支吾着，還不肯說，我大喝一聲：「說！」

隨着那一個「說」字，我「呼」地一拳，拳頭陷進了他肚中的軟肉之內，那人殺豬也似地叫了起來：「說了，說了！」

我縮回手來，他喘着氣：「是……是鄭先生叫我們來殺你的！」

那實在是一個出乎我意料之外的答案，我怔了一怔：「鄭先生？哪一個鄭先生？」

那人的門牙掉了好幾顆，講起話來，有點含糊不清。但是我還是可以聽得清他道：「鄭保雲！」

我呆了一呆，這有可能麼？我才和鄭保雲分手，他為什麼要命人來殺我？

我覺得那人是在胡說八道，是以我突然一伸手，拉住了那人胸口的衣服，準備作進一步再向他逼問。然而，就在我抓住了那人胸前一剎那間，我知道，那人並不是在胡說，因為突然間，我想到了鄭保雲要殺我的原因！

鄭保雲實在有着殺我的原因！

他殺我是為了滅口！因為除了他之外，只有我一個人知道他的秘密，只有我一個人知道他可能不是一個純粹的地球人，而是一個外星人的雜種！

他的這種身分，如果被公開了開來，那一定轟動全世界，而他自然也不想這秘密公開！

我吸了一口氣，鬆開了手。那人連忙向後退出了幾步：「我……可以走了麼？」

我並沒有回答那人，我只是在想，我應該怎麼辦？是根本不去理會這件事，還是繼續去調查清楚，鄭天祿是不是外星人？

我想了幾分鐘，才決定我仍然去會見那位退休的醫生，然後再去見鄭保雲。

當然，我此時可以說步步驚魂。但是，不管我是不是繼續再理會這件事，我的危險是一樣的，鄭保雲反正不會放過我！

我轉身上了車子，大喝道：「讓開！」

那人經我一喝，連跌帶爬向外滾去，另一個早已逃遠，我駕着車子，又飛馳在公路上。

兩小時後，我的車子在一個十分幽靜的住宅區中，一棟白色的房子前，停了下來。我略為整理了一下頭髮，拉了拉衣服，使我看來整齊一些，不至於和這裏寧靜的環境相去太遠。

我按着門鈴，這個地址，是我在前一個鎮上打電話向報社中問來的，不多久，便有一個十五六歲的少女，從屋中跳了出來，來到了鐵門之前。

那少女用她明麗的眼睛打量着我，現出十分好奇的神色來。我向她點頭為禮：「小姐，我希望拜見費格醫生，我有一件十分重要的事想和他商量。」

那少女「噢」地一聲：「原來你找我爺爺，他不在家中，他在後面山坡下的小溪旁釣魚。」

她一面說，一面向屋後指了一指：「你越過那個山坡，就可以看到那條小河，要不要我帶你去？」

我忙道：「不必了，我自己去就可以，這是我的車子，它可以停在這裏麼？」

那少女向這輛跑車看了一眼，皺起了眉：「這輛車子……是怎麼一回事？」

我笑着：「我開車開得太快了，它和一株大樹相撞，幸而我未曾受傷！」

那少女十分幽默：「幸而你未曾受傷，不然，你不應該見我爺爺，應該見我的父親了——他是著名的外科醫生。」

我笑着，向她握握手，向屋後走去。那一條路並不很寬，但是路兩旁，都種滿了花草，十分美麗，山坡斜向上，一直向上去，都有屋子，井然排列。

可是，當我來到了山坡最高處，向下望去之際，我卻呆住了。

山坡的另一面，一所房子也沒有，全是一片綠茵茵的草地，在草地上，雜生着美麗得難以形容的花朵，在山坡下，是一道小河，小河的河坡上，滿是灌木叢，灌木的根部伸到了河水之中，那的確是釣魚的好地方，在這樣的河流中的魚兒，一定都極其肥美。

我看到在河岸上，有不少人在釣魚，他們都坐着，一動也不動，除了河面上不時映起粼粼的水波之外，一切幾乎都是靜止的。

我剛從兩番被人襲擊的驚心動魄的遭遇中脫身出來，突然置身在這樣一個靜態的環境中，就如同是在夢中一樣。

我呆立了好一會，才向山坡下走去。在我快要來到岸邊的時候，我看到一個男孩子正在用手挖着泥，用手指掏出一條蚯蚓來。

我來到他身前：「孩子，你願意告訴我，哪一位是費格醫生？」

那孩子仰起頭來，疑惑地望着我，似乎不肯回答我的問題。我一本正經地道：「你要是不告訴我，那我就大聲叫費格醫生的名字，我一叫，所有的蚯蚓就會向地下鑽去，你就再也捉不到牠們了！」

那男孩又考慮了一會，他終於向我的威脅投降了，他伸手向遠處一指：「那一位就是費格醫生，他的魚簍最大，是紅色的。」

我循他所指看去，只看到一個在河邊靜坐的人，當然我根本就看不清那人的臉面，但我卻可以看出，那人身邊一隻很大的魚簍，有一半浸在水中，露出在水面的那一半，的確是紅色的。

我拍了拍那男孩子的頭：「謝謝你，希望你捉到你全身口袋都放不下那麼多的蚯蚓。」

男孩子對我的祝福很感興趣，他咧着嘴笑了起來，我則向費格醫生走去。在快要接近他的時候，看到他是那樣地靜坐着不動，我也不由自主，將腳步放得十分輕。

但是，當我來到了他身後五六呎之際，他還是聽到了我的腳步聲。

費格醫生轉過了頭，向我望來，我低聲道：「費格醫生？」

他點了點頭，卻並不出聲，我又走出了兩步，在他的身邊坐了下來：「真對不起，我不得不來打擾你，因為我有一件事，非要你幫忙不可。」

費格醫生的頭髮全白了，白得和銀絲一樣，但是他的精神看來還十分好，他打量了我一會，才道：「小伙子，我好像不認識你。」

「是的，你不認識我，可是——」

我的話還未講完，他已笑了起來：「那也不要緊，小伙子，你有勇氣向一個陌生人求助，那你一定是一個值得受人幫助的小伙子，好吧，你說一個數字我聽聽。」

我呆了一呆，一時之間，當真不明白他那樣講法，是什麼意思。

但是，我卻隨即明白了，他那樣說法，顯然是以為我是向他來借錢的了，難得世上還有如此慷慨之人，竟肯借錢給一個全然陌生的人！

我忙道：「你弄錯了，我並不是向你來借錢的。」

他訝異道：「咦，不是你自己說的麼？你有一件事要我幫助。」

「是的，但不是借錢，只是想請你告訴我一些事。」

「是什麼事？」他將鉤桿擱在樹枝上，望定了我。

我道：「那是很多年前的事了，那時，你還沒有退休，是一位著名的醫生，你有一次，曾受邀請，替一位中國富翁叫鄭天祿的出診，是不是？」

我的話才一講完，費格醫生的臉色就變了，他搖搖晃晃地站了起來。看他的樣子，像是隨時可以跌倒一樣，我連忙將他扶住。

他苦笑了一下：「那是很多年以前的事情了，你……你提起這件事……這件可怕的事情來。究竟是什麼意思？」

費格醫生竟然將那次出診，形容為「可怕的事情」，那一定是有原因的！是以，我又急急地道：「我想知道你替這個叫鄭天祿的人診治的經過——我知道你並沒有診治完畢，就離開了他的家。」

「是的，」費格醫生的呼吸有些急促：「我非走不可，因為那實在太可怕，真的太可怕了。」

他重複說着「可怕」這個字眼。而且，這件事已然相隔了好多年，但是此際，當他提起這件事的時候，他臉上仍不免有恐懼的神色。

我忙問道：「請問，那究竟是什麼樣可怕的事？」

「很難說，真的很難說，我從來也未曾對任何人說起過，我就像是做了一場噩夢一樣，我至今仍然不能肯定我那天所遭遇的一切，是不是事實；因為那天，我恰好喝了相當分量的酒！」

費格醫生說到這裏，又頗有自疚的神情。

我連忙安慰他：「不要緊的，不論你的遭遇多麼駭人，都請說出來。」

「好的，」費格醫生抬頭望着天：「我一進房，病人處在半昏迷狀態之中的，我很奇怪沒有人陪着他，後來我才從鄭太太的口中，知道他堅決拒絕醫生的診治，請我去是鄭太太的主意。而且，他不要任何人在旁邊陪着他，說他自己會好的。」

費格醫生講到這裏，略頓了一頓，才嘆了一聲續道：「我第一件事，便是伸手在他的額角上按了一按，我發覺他的額角，燙得駭人，我連忙取出了體溫計，塞進了他的口中，然後，我像一切醫生那樣，一面伸指按住他的手腕，數着他的脈搏！」

「在那時候，我已經嚇了一大跳！」

「他的脈搏快到了極點，快得難以想像，一秒鐘內有十幾下跳動，快得我根本來不及數。我大吃了一驚，心想我自己一定是喝醉了。」

「我放下了他的手，定了定神，為自己倒了一杯凍水，喝了半杯，然後，我自他的口中，取出了體溫計來，他的體溫究竟多麼高，我至今仍不知道。」

我聽到這裏，不禁奇道：「為什麼？」

費格醫生苦笑着，道：「體溫計的最高溫度指示，是到一百一十度為止的，而當我那時，去看體溫計之際，水銀線超過了最高的限度，頂在溫度計的一端，那已是到了盡頭，水銀線還可以再向上升，究竟可以升到多少度，我也不知道。」

我問道：「人可以在那麼高的體溫下仍然生存麼？」

費格醫生道：「這是一個我沒有想通的問題，當時我以為他是患着罕見的病症，於是我開始替他聽診，可是當我的聽診器放在他胸前的時候，我發現他有着極其異樣的肋骨——」

我插口道：「是木板一樣的扁平塊，是不是？」

費格醫生望着我，呆了半晌，才喃喃地道：「那是真的了！那是真的！我並不是喝醉了！你講對了！」

我有點後悔多此一問，是以我連忙將我的話岔了開去：「你還有什麼發現？」

費格醫生道：「接着，最駭人的事來了，我去按他的腹部，但是，我卻按到了骨骼，在他的腹腔上，有骨骼保護着的。我驚駭得提起我的藥箱，奔了出來，不敢對任何人提起這件事。」

我在他講完之後，呆了半晌，拾起了幾塊小石子來，向河中拋去，然後，我盡量使我的聲音，聽來柔和。我問道：「費格醫生，那麼，你認為，『他』是什麼呢？」

我和費格醫生是用英語在交談着的，所以我那句「他是什麼」，在文法上是絕對不能成立的，因為我用的是「他」而不是「它」，那樣的問句，如果出現在小學生的練習簿上，教師一定會打上一個大交叉的。

但是此際我卻只好那樣發問，而費格醫生也沒有糾正我的話。他雙手按在地上，過了好一會，才道：「『他』不是人，不是人類。先生，或者我可以充滿幻想地說，『他』不是地球上的人類！」

我深深地吸進了一口氣，費格醫生是一個十分知名的醫生，他有了那樣的結論，那實在是很不尋常的，我此行已經有收穫了！

我緩緩地站了起來，準備告辭。

費格醫生也跟着站了起來，道：「後來有一個時期，我十分後悔當時我沒有再進一步與他作詳細的檢查，就離開了。」

我向外跨出了一步，忽然想起一件事，道：「你是一個著名的醫生，他是一個成功的商人，你們在社交場合中，是會遇到的，在這以後，你沒有見過他？」

「見過。」費格醫生回答：「在一次宴會中，我見到了他，他還對我說了幾句話。」

「他對你說什麼？」我連忙問。

「他說，他知道我為他診過病，他很高興我沒有將我的診治所得聲張出去，他很感激我。他說，無可奈何，他現在生活得很好；他說，我再也不會知道他的身分。而且他還說，他將來一定會死，他希望我為他簽署死亡證，他曾懇求我，叫我切切不可將他的事向任何人說起！」

費格醫生嘆了一聲：「後來，他真的死了，我連看也沒有向他的遺體多看一眼，就簽了死亡證！」

我本來想將以後發生的一連串事情，向費格醫生作一個說明的。

但是我隨即改變了我的主意，我不想用那樣驚心動魄的事，來擾及一個老年人平靜的晚年生活。我只是說道：「謝謝你，我告辭了！」

費格醫生忽然問道：「年輕人，你是怎知道當年那件事的？又怎知道他的肋骨——」

我裝出一副不在乎的神情：「我和他的兒子打賭，他兒子說他父親的肋骨是板狀的，我說不可能，他說你為他父親診治過，應該知道，所以我才特地來問你。」

我的謊撒得十分好，費格醫生相信了，我也急急地離開了他。因為我怕他還有別的問題時，我便不能回答得如此之好了。

我大步地走上了山坡，心中十分亂。

因為我知道，愈是證明鄭天祿不是地球上的人類，我的處境便愈是危險！

我現在只好希望鄭保雲在檢查他父親遺物方面，得不到什麼成績，那麼，他或者會不再堅信他父親並不是地球人，那麼，他對我的殺機也會消退。

要不然，他在這地方，財雄勢大，可以僱用許多兇手，明的、暗的來對付我，我實在是不勝其擾。而不論怎樣，最好的方法，自然就是盡快離開這裏。

我已然決定，我立即駕車到機場去，利用我和國際警方的一小點關係，盡快地回家去，將這一切，當作夢一樣地忘記它！

可是，當我翻過山坡頂的時候，我卻知道，我要忘卻這場「夢」，還真不是容易的事。

在山坡頂上，我可以看到費格醫生的房子，自然也可以看到停在房子之前，鄭保雲借給我的那輛跑車。當然我也可以看到跑車旁邊，站着四個凶神惡煞也似，一望而知不是善類的男子。

而且，我還看到，在費格醫生的屋子轉角處，還有兩個人隱伏着，一共是六個人。

而我，只有一個人，他們六個人，還可能都有着致命的武器，而我並沒有，我也不能用車子去對付他們，因為不等我接近車子，他們先接近我了。

第七部

保險箱中的寶物

但是他們沒有看見我，我已發現了他們，這是我佔上風的地方。本來，一看到了那六個人，已決定了繞道而行，讓那六個人去空等一場。

但是我卻隨即改變了主意，因為鄭保雲既然對我殺機未消，避不勝避。他可能以為我會不斷躲避，可是我卻不，我要出乎他的意料之外，我要去找他！

所以，我伏在一叢灌木之後，打量了一下四周的情勢，才又開始前進。利用山坡上的房子，遮住身子，使他們六個人看不到我。在十五分鐘之後，我已到了費格醫生的房子後面，我向前走了幾步，在牆角處，已可以看到那兩個站在牆角的人了，他們背對着我。

我縮了回來，略為想了一想，我自然要先對付那兩個人，在他們的身上，我可以得到武器，而且，可以出其不意地攻擊那四個人。

但是我和他們相隔約有十碼，我向他們走去，他們會覺察。如果還來不及撲向他們時就被發覺了，那我就很危險。

所以，我在想了一想之後，便向牆上攀去，攀到了牆頭上，傴僂着身子，迅速地向前走着，不一會，我已到了那兩個人的頭上了！

但是那兩人卻顯然不知道他們已然大禍臨頭。

我向下看了一下，對準了他們兩人，突然一聳身，向下跳了下去！

我是用一個下跪的姿勢，向下跳下去的，那兩人中的一個，比較機警，立時抬頭向上看來，但是他不看還好，他抬起頭來，卻令得他更慘！

我的膝頭，直撞在他的臉門之上！

我聽到了十分清楚的骨折之聲，至於他什麼骨頭折了，我卻無暇研究。

而我的左膝，同時卻撞在另一個人的頭頂，那兩人的身子搖晃着，一齊向地下倒了下去。

我不讓他們的身子倒地，是以在我一站定之後，立時一伸手，拉住了他們兩人的衣服，然後將他們的身子輕輕放在地上。

但是，在牆轉角處的四個人，像是已聽到了什麼動靜，有人問道：「怎麼啦？」

我自然不去回答他，我在那兩人的腰際，搜出了兩柄槍來。一有了武器，膽子頓壯，轉過身來，緊貼着牆角而立。

只聽得那人又問道：「什麼事？有人來麼？」

那人的聲音漸漸接近，我心中暗笑了起來，看來我又可以解決他們中的一個了。果然，就在我站定之後不久，一個漢子突然在我面前出現。

我就站在牆角處，他一轉過來，就和我面對面了，他顯然是絕料不到這一點的，是以整個人都呆住了，我卻向他笑了一笑，轉了轉手中的槍，指向他的胸口。

同時，我伸出左手來。

那傢伙居然知道我的意思，連忙將他的槍，交到了我的手上。我用極低的聲音道：「我就是你們要殺的人，對不對？」

那傢伙的臉色十分尷尬：「先生，不干我們事，是鄭先生……」

我不等他講完，心中的怒意，便陡地升了上來。這些傢伙，能為了錢而殺人，可是問起來，他們卻像一點責任也沒有。如果沒有他們這種兇手，有錢人怎樣去買兇殺人？

本來，我準備放過了那人，但這時，我改變了主意，我決定給他吃些苦頭。

我冷笑了一聲：「不關你的事？如果我不是識穿了你們的陰謀，我可能死在你的槍下，你這畜牲！」

我用力一腳，向那傢伙的小腿骨上踢去，那一腳，恰好踢在他小腿骨最脆弱的地方，那傢伙大叫一聲，腳骨斷折，跌倒在地。

其餘三個人一齊向前奔來，我先發制人，在不到五秒鐘時間內，連發了三槍，兩槍射中兩個人的膝蓋，第三槍，將一個傢伙手中的槍射得跌出老遠。

那兩個受了傷的人，在地上打着滾，第三個人，則呆若木雞地站着。我奔向前去，用力在那人的肚上，打了一拳，喝道：「上車去！」

那人的動作，快得出奇，立時跳上車了，我又喝道：「坐在駕駛位上。」

那人忙又坐到了駕駛位上，這時已有很多人聽到了槍聲奔了出來，我喝道：「快開車，你大概不希望警察來捉你！」那傢伙聽話得像一頭小狗一樣，立時踏了油門，車子向前飛馳而出，轉眼之間，便已將那個住宅區完全拋在腦後了！

那傢伙戰戰兢兢地問我，道：「先生，到哪裏去？」

我冷笑了一下：「那要問你！」

那傢伙的頭上冒着汗，他可憐巴巴地道：「先生，我不知你那樣説法，是什麼意思？」

我道：「殺了我之後，到什麼地方去找鄭保雲領賞？」

他的身子陡地一震，車子幾乎向路邊疾撞了過去！我用力踏下了煞車掣，車子突然停了下來，我道：「你或許需要時間來想一想！」

他連連搖着頭：「不，不，我想起來了，他叫我們幹掉了你之後，到他家去找他，現在我們就去，先生請你別殺我。」我簡直懶得回答他，只是大喝一聲，道：「快去！」

他忙又開動了車子，在快到市區的時候，我又命令他棄了那輛車子，改搭一輛計程車前往，因為這輛車子，可能受警方注意。

車子進入市區之後，那人在我的身邊，坐立不安，等到車子停在一棟大得不可思議的大洋房之前時，那人更是面如土色。

我向外看了看，鄭家的住宅之大，的確是令人吃驚的。那一排圍牆，不知圍住了多少土地，亭台樓閣之多，也是難以勝數，那只是以前中國內地，王孫巨賈的大宅，才堪與之比擬。

我押着那傢伙，向前直闖了進去，不少僕人模樣的人，想對我們盤問，但是看到了那人，卻都不再出聲，那當然是鄭保雲早已吩咐過僕人，如果那人來見他的話，可以直接進去。

當我們來到了一棟頗為精巧的屋子之前，才看到一個老年僕人迎了出來，向那人道：「少爺在老爺的書房中等你，可要我帶你去？」

那人還未曾回答，我已然道：「不必了，我們自己會去的，你只消指點一下就行了！」

那老僕向我望了一眼，面上出現了頗為奇怪的神色來。但是他卻並沒有說什麼，只是道：「由這裏去，穿過花園就是了。」

我點了點頭，拉了那人便向前走。穿過了一個廳堂，便到了花園中，我將那人拉到了假石山後，在他的後腦上，重重地劈了一掌，那人連聲都未出，便昏了過去。我任由他昏在假山之後，我則從假山石後轉了出來，傍着一大叢芭蕉，向前走着，來到了一列窗前，我一到了窗前，便看到了鄭保雲。

鄭保雲是背對着我的。他站着，正彎着身，在一張十分大的寫字枱中，拉開了寫字枱的所有抽屜，聚精會神地在找尋些什麼。

我伸手輕輕地推開了窗子，鄭保雲並沒有覺察什麼，但是當我手按在窗台上，翻身跳進了屋子之際，鄭保雲已經覺察了！

他突然轉過身來，我們正面相對，相距還不到兩碼，他自然可以清楚地看到，站在他面前的是什麼人。

我當然也可以看到他，就是他，先後派了好幾批人，要用各種方法，置我於死的人。

他在看清楚了突然出現在他面前的人又是我之後，他面上神情之怪，實在難以形容，他攤開了雙手：「原來……是你。」

我冷笑着：「想不到吧，你這雜種！」

我罵他「雜種」，那只不過是我恨他採用如此卑鄙的手段來加害我而發的，卻不料這一下「雜種」，卻觸動了他心中的傷痕！

他整個人直跳了起來！

而他在跳了起來之後，順手抓起寫字枱上的一個銅鎮紙，向我直擲了過來！

他當然擲不中我，我只不過略偏了偏頭，那足有拳頭大小的銅鎮紙，便在我的頭邊，「呼」地飛了過去，砸在牆上，又落了下來。

而我也在那一剎間，跳向前去，用力握住了他的手腕，他竭力掙扎着，出乎我的意料之外，他在竭力掙扎之際，發出的力量，大得驚人，我幾乎抓他不住！

他那樣竭力地掙扎着，逼得我要用更重的手法對付他，我用力地將他的手腕扭了過來，再用左掌，在他的後頸上，重重地擊了一下。

鄭保雲捱了我一掌，整個軟了下來，他一隻手撐在桌面上，不住地喘着氣。

我仍然緊握着他的手腕，冷笑着：「想不到吧，你派去殺我的人，全被我擊退了。你的行動，使我必須自衛，我有好幾個證人，都可以證明你是謀殺的主使犯，而當你被關進了監獄之後，我還可以向全世界宣布你真正的身分！」

他對於我有好幾個證人，可以送他進監獄一事，好像並不怎樣放在心上，但是一聽到我講了最後一句話，他的身子發起抖來。他發出了像呻吟也似的聲音：「不要，請不要那樣，如果你那樣做的話，他們會將我一寸一寸割開來研究的。」

我心中實在恨他，是以我不留餘地攻擊着他，我「嘿嘿」地冷笑着，道：「那也難怪人家的，誰叫你的來歷，那樣奇特？我對你也很有趣，來，讓我摸摸你的肚子上是不是也有骨頭。」

我作勢要向他的肚子按上去，他怪叫了起來，我「哼」地一聲：「你約我在這裏和我見面，但是卻立即吩咐人來殺我！」

鄭保雲喘着氣：「我不得不那樣做，讓我死好了，我絕不能讓我的秘密透露出去，如果我的秘密泄露了，想死也不成了！」

鄭保雲講出了那樣的話來，這令得我心中對他的恨意，消除了不少，同時，我對他不禁有些可憐起來。我鬆開了他的手腕，心平氣和地道：「其實，你對我估計錯了，你大可不必對付我，因為我不會將你的秘密泄露出去；我不會。」

鄭保雲向後退開了幾步，望着我好一會，然後道：「我還是要設法殺了你，如果我不殺了你，我將沒有法子活下去，我得時時刻刻提防着你，而你每一分鐘，每一秒鐘都可以威脅我，你殺掉我吧，不然，我一定會設法殺死你！」

他講得如此坦率而沒有掩飾，那倒反使得我有點喜歡他了，我攤開了手：「看來，我們之間，似乎不應該不能兩立。」

鄭保雲吸了一口氣：「應該的，你忘記了麼？你我根本是不同的兩種人！」

我自然明白他的意思，是指他的父親不是地球人這一點而言。像鄭保雲那樣受過高等教育的人，忽然之間，知道了自己竟是一個如此奇特、是地球人和外星人的「混血兒」，他心中的痛苦，實是可想而知，他絕不想這個秘密被人知道，要殺我滅口，似乎不應該太苛責他。

我又道：「現在，因為我已做了一件事，所以，你如果殺了我，反倒成了蠢事了。」

他的神情顯得異常地緊張：「你做了什麼？」

我則慢條斯理地道：「你應該想得到我做了些什麼，那是任何人在我那樣的情形下都會做的事，我將一切遭遇，都用文字記錄了下來。」

當我講到這裏的時候，我可以清楚地聽到鄭保雲發出了一下吸氣的聲音。

我向他笑了笑：「你明白了？一切都記錄了下來，但是我將一切嚴密地封好，交給了一個妥當的人，如果我有不測，他就公布一切，在那樣的情形下，你難道還能殺我？」

他張大了口，望了我半晌，才道：「你……那樣做，那是存心勒索我了？」

我搖着頭：「或者你不了解我，但是我的確絕沒有這意思。我只想和你一起弄明白，令尊究竟是不是外星人而已。」

他坐了下來，以手支額，好一會不出聲，才道：「你見到費格醫生了？他……說些什麼？」

「他認為和令尊的那次見面，是一次極可怕的經歷，他還說，令尊絕不是地球上的生物。」

鄭保雲的面上，像是塗上了一層泥土一樣，我又道：「但是，他的結論，和我們的結論一樣，不足以引以為確鑿的證據，你在令尊的遺物之中，可曾發現了什麼足以佐證令尊身分的東西？」

他苦笑着道：「還沒有。」

「那你應該快點找，如果他真的不是地球人的話，那麼在他的遺物之中，一定應該有一些十分奇特的東西可資證明的。」

鄭保雲苦笑着，不說什麼。

從鄭保雲臉上的神情看來，他對我顯然還不是十分信任的。而我也不必多向他表明什麼，我又問道：「這是他生前的書房麼？」

鄭保雲有點無可奈何地點着頭：「是的，據我母親說，他在這間房間中的時間最多，而且，絕不容許別人隨便走進他這間房間來。」

我開始環顧這間書房，因為根據鄭保雲那樣講法，如果鄭天祿有什麼不尋常的東西留下來的話，那一定藏在這間書房。

書房的面積相當大，估計至少有六百平方呎，兩面牆壁上，全是直達天花板的書櫥，書櫥中全是各種各樣的書。鄭天祿的興趣一定十分廣泛，在他的書櫥中，什麼種類的書全有，他的藏書至少在一萬冊以上。

在正中，是一張十分巨大的寫字枱，抽屜已全部被鄭保雲打開了。我向寫字枱指了指：「你已經找過所有抽屜？」

鄭保雲點頭道：「是的。」

「再繼續找！」我吩咐着他，然後向屋角一具有六呎高下的保險箱走去。

那具保險箱的一大半，嵌在牆中，顯然用來儲放十分重要的東西，我一走到了近前，便認出了保險箱是英國一家最著名的保險箱廠的出品，它的鎖是採用文字密碼的，不知道密碼而想打開那具保險箱，除非是用烈性的炸藥將之炸開來。

我伸手在那具保險箱上拍了拍：「你知道打開這具保險箱的密碼麼？」

鄭保雲連頭也抬不起來，便回答我道：「別碰它！」

我有點發怒，提高了聲音：「我在問你打開保險箱的密碼，我想這保險箱中，一定有着十分重要的東西！」

鄭保雲抬起頭來：「我已經告訴過你了，它的密碼就是三個字：『別碰它』。我想裏面不會有什麼的，因為……他早已將密碼告訴了我。」

我不再說什麼，迅速地撥着鎖上的幾行字母，等到出現了「別碰它」三字之際，我用力扳下開關，將厚厚的保險箱門，拉了開來。

保險箱門一打開，我便看到了一疊疊的大額英磅和美鈔，幾乎塞滿了整個保險箱。

鄭保雲的錢已經夠多了，他根本不在乎再多幾十萬美金。如果這時，有什麼人能使他用保險箱中所有的金錢，使他購買到一個真正地球人的身分——那正是我們每一個人所有的——的話，他一定會大喜過望地答應。

在保險箱的下格，有兩個抽屜，我將那兩個抽屜拉了出來，連我也不禁倒抽了一口涼氣。

老實說，在見到了那保險箱的現鈔之際，我雖然未能如鄭保雲那樣完全無動於衷，但是卻也絕不至於有什麼驚心動魄的感覺。

因為我有足夠的錢用，人使用金錢的能力是有一個極限的。

但是，在看到了那兩個抽屜之後，我卻大為震驚了，那兩個抽屜中，全是各種寶石、翠玉和鑽石，以及大串的珍珠。天然的珠寶，有一種震人心魄的美麗，可以令人透不過氣來。

鄭天祿一定用他許多心血來收集這些珠寶玉石，因為我隨便拾起一塊方形的翡翠，我就發現那實在是無上的精品。我又順手抓起一把，然後張開手，讓紅寶石、藍寶石、綠玉，在我的手指縫中滑下去，最後，在我手掌心的，是一塊無懈可擊的黃玉，和一塊約有二十克拉，呈粉紫色的鑽石。

我將手掌略略傾斜，任由鑽石和黃玉跌進抽屜中，和其他珠寶相碰，發出「叮叮」的聲響，然後我轉過身來：「你來看，令尊遺產中，最值錢的東西，我看是在這裏了！」

鄭保雲看了一眼，仍像是不感興趣，他有點不耐煩地道：「我們要找的，不是這些東西！」我向後退了幾步，在我退出之際，腳跟踢到了一樣東西，就是剛才鄭保雲拿起，向我擲來的那個銅鎮紙。

那銅鎮紙曾撞在牆上，又落到地上，在我踢中它的時候，它裂了開來。

我向那銅鎮紙看了一眼之後，立即將它拾起，那銅鎮紙在我的手中，被我輕輕一分，分成了兩半，它當中是空心的。

而在我將之分成兩半之後，一柄不鏽鋼鑄，十分精緻的鑰匙，自其中跌了出來，「叮」地一聲，落在地上。那一下鑰匙落地的聲音，十分清脆，是以令得鄭保雲也轉過頭向地下望來。

我連忙俯身將那柄鑰匙拾了起來，向鄭保雲揚了揚：「這柄鑰匙是開什麼鎖的？」

鄭保雲走了過來，滿面是疑惑的神色，搖着頭：「我從來也未曾看到過它，我想它一定是十分重要，或者我可以去問問我的母親。」

我將鑰匙交了給他：「那你就快去，我希望你能將問得的結果告訴我。」

他接過鑰匙，匆匆地走了，我則繼續在鄭天祿的書房中尋找着，大約過了十分鐘，我並沒有什麼新的發現，而鄭保雲已匆匆地走了回來：「真是奇怪極了，阿母說，她從來也沒有見過那鑰匙！」

我吸了一口氣：「我們一定已發現了一件極其重要的東西，這柄鑰匙被鄭重其事放在銅鎮紙中，它一定是開啟一個極其重要的地方的，我想那一定是一具隱藏在這間書房某一地方的一扇暗門。如果能打開這扇暗門，那麼我們就可以發現一切了。」

鄭保雲想了並沒有多久，便同意了我的說法，於是我們兩人在這間書房中尋找起來，我們第一步工作，是摘下掛在牆上的所有書畫，用錘子敲打着牆壁。

然後，我們將書櫥中的書全部搬了出來，鄭保雲叫了五六個僕人來，將所有的書都從書房中搬出來，堆放在書房外的走廊上。

等到幾個書櫥全部都被搬空了之後，我們又詳細檢查着書櫥，直到認為書櫥中不可能有什麼暗格了，才將書櫥搬開，又檢查櫥後的牆壁。

第八部

吞吃秘密

但是，我們檢查的結果，牆中並沒有暗藏的保險箱，於是，鄭保雲又命人搬了長梯來，我們一齊合力檢查書房的天花板。然後，又檢查着書房中每一件家具，一直忙到了半夜三更。

書房之中已然亂得連插足的地方也沒有了，我首先放棄了，我道：「我們總該歇一歇才好，吃點東西，至少也喝杯咖啡！」

可是鄭保雲卻固執地道：「不，我還要找，我一定要弄明白，這柄鑰匙是做什麼用的？」

「當然我們要弄清楚，可是我們可以採取另一個辦法，例如說，我們盡可能召集市內著名的鎖匠、保險箱製造商，請他們來表示一下意見。」

鄭保雲立時同意了我的說法，揚着雙手，大聲向那幾個僕人叫道：「你們呆着作什麼，快去叫所有人一齊出動，去找所有的鎖匠、保險箱製造商到我這裏來，我在東面大廳上見他們，告訴他們，來的人都可以得到我的禮物，或者贈金！」

那時已然是深夜了，可是那幾個僕人顯然是慣經訓練，習慣了各種各樣奇特的命令的，他們的臉上絕無驚訝的神色，只是連聲答應着，退了出去。

鄭保雲道：「我們到東面大廳去等候那些人，如果你肚子餓的話，可以先在那裏吃些東西。」

我只不過隨便說了一句，但鄭保雲卻真的那樣做了，而且是在半夜時分突然去做，我多少有點訝異，但是沒有說什麼，只是跟着他走出了書房。

我們才一出了書房不久，迎面便看到鄭老太太在兩個中年婦女的扶持下，顫巍巍地向前走了過來，一見到鄭保雲，便叫道：「阿保，你作什麼啦？三更半夜，要僕人去見什麼人？」

鄭保雲似乎十分不耐煩，他揮着手：「阿母，你別理我，你管你去睡好啦！」

鄭老太太嘮嘮叨叨地，像是還想說些什麼，但是鄭保雲卻已急步走了開去。我很不幸，由於禮貌上向鄭老太太點了點頭，就被她攔住了。鄭老太將我當作自己人一樣，向我傾訴着她的兒子如何任性，如何不聽她的話，以及她的兒子最大的壞處：至今未曾娶妻，連孫子也沒得抱。

天下最乏味的事，莫過於聽一個老婦人嘮叨，我幾次想要不顧禮貌地走開去，但是總不好意思，到後來，我心中陡地一動，發現那實在是我的一個好機會！

鄭老太太可以說是最接近鄭天祿的一個人，雖然在船上的時候，她已曾向我講過許多有關鄭天祿的事，但是那時，我根本未曾想到鄭天祿可能是外星人，而現在，我已經懷疑到了這一點，那自然有許多問題，可以在她這裏得到答案。

我不再討厭她的羅唆，反而希望她講得更多些。

我過去扶住了她，將她扶進了一個側廳中，坐了下來，又和她瞎七搭八講了一些，才問道：「鄭老太太，你覺得鄭老先生的身體，和別人有些不同？」

我這樣問法，實在很唐突，但是我卻又實在非問不可！

鄭老太太怔了一怔，像是不知道我的問題是什麼意思，我將問題重複了一遍，她搖頭道：「沒有啊，他和別人一樣啦。」

我指了指自己的肚子，暗示着她：「譬如說，他的肚子——」

鄭老太太像是想起什麼來了，點頭道：「是的，他肚子不好，整年痾肚啊，不讓人碰他的肚子啦！」

我又問道：「老太太，當你們在一起的時候，他可有什麼時候對你說過他是從哪裏來的？他一定說過的，你好好想一想！」

對這個問題，我是充滿了希望的。

但是我卻失望了，她幾乎立即回答我道：「沒有，他是我同村的人，還會從哪裏來？」

我想了一想，才又問道：「那麼，當你有了阿保的時候，他高興不高興？」

一提到兒子，鄭老太太高興了起來：「他高興得快要瘋啦，他說想不到他和我真會有了孩子，他還說，他們絕想不到啦！」

我陡地一呆：「什麼叫他們絕想不到？」

鄭老太太也呆了一呆：「我也不知道，他當時是那樣講的，雖然事情已隔了許多年，但是當時，他這樣講，我記得。」

我忙又道：「孩子出世之後，他說什麼？」

鄭老太太側着頭：「他抱起了孩子，說孩子完全不像他，他很高興，他說最怕孩子像他，你知道啦，他一高興，就會說傻話，說得聽到的人都笑他。」

我知道我問不出什麼別的來了，但我和鄭老太太的談話，也不是全無收穫的，至少我已知道，鄭天祿不可能是「孤兒」，而還有一大群人和他有關係的，那便是他口中的「他們」。

我準備離開鄭老太太，但是在我有了那樣的表示之後，又過了十分鐘，我才能脫身。

在這十分鐘之內，我不斷地聽鄭老太太說張家的三姑娘怎樣美，李家的大小姐如何賢淑，可是鄭保雲卻一個也不鍾意。直到我保證說服鄭保雲，要他快些結婚，老太太才千恩萬謝地讓我走。

我由一個僕人帶到東面大廳，那是一個極大的廳堂，家俬古色古香，壁立的古董架上，全是瓷器，而以青花瓷為最多，看來全是精品。

我一到，鄭保雲便迎了上來：「我已吩咐廚子替你準備食物了。」

我道：「謝謝你。」

他有點緊張地問我，道：「你和我母親說了些什麼？」

「我問她有關令尊的事，但是卻沒有什麼結果，她只說當你出世的時候，你父親歡喜欲狂，並且高興你一點也不像他！」我回答着。

鄭保雲忽然雙手緊緊握着拳，連牙齒也在格格作響：「我恨他，我恨他們！」

我吃了一驚，想將氣氛弄得輕鬆一些，是以我笑道：「老太太還非常關心你的婚事，你不肯結婚，令得她十分難過，她──」

卻不料我的話還未曾講完，他已然大聲吼叫了起來，向我揚着拳頭，額上的青筋，也現了出來，他大叫道：「住口！」

我沒有再出聲，這時我並不發怒，因為我只覺得他十分可憐。而他在向我大叫了一聲之後，轉過了身去，大口地喘着氣。

我不知道為什麼一提到結婚，就像我在不久之前罵他「雜種」一樣，他會忽然之間大怒起來，難道他心中另有什麼隱衷？

當然，我未曾再追問下去。

而他，在背對着我站了幾分鐘之後，已恢復了平靜。廚房中的僕人，也在此際，用一個十分精緻的漆盤，端上了食品，我開始狼吞虎嚥起來。

我吃到一半的時候，便陸續有人來了，來的人全是鎖匠，來開保險箱的人，以及保險箱製造商和專家，從那些人睡眼朦朧的神態之中，可以看出鄭家在當地的財勢，是何等之雄厚。

鄭保雲將那柄鑰匙放在桌上，向每一個來到的人問，他們可曾見過這柄鑰匙，以及這柄鑰匙是打開什麼鎖用的。有的人只是搖了搖頭，說一聲不知道。但是有的人卻大發議論，講了好些話，可是講的話雖然多，仍然是什麼也不知道。

人來了又去，去了又來，兩小時後，來的人漸漸少了，隔好久有一個人來，鄭保雲和我兩人，幾乎已經失望透頂了。

但是，當僕人帶進了一個老頭子之後，我們的精神便陡地一振，因為當那老頭子在戴起了老花眼鏡，看了看那鑰匙後，道：「我認得，這是我製的，可是那箱子有什麼不妥麼？」

老鎖匠一面說，一面抬頭向我們望來。

鄭保雲立時拉住了他的手：「你說這……這是你製的，而且是一隻箱子？」

「是的，一隻小保險箱，只有用我這柄鑰匙才能打得開，因為鎖是我用十分特殊方法製成的，已經很多年了，我總共只製過一柄那種鎖，所以我可以認得出來，叫我做這箱子的人，好像也姓鄭。」

「那一定是先父。」鄭保雲立時說：「那箱子，有多大？」

那老鎖匠用雙手比劃着，從他比劃的形狀來看，那應該是一隻一尺高，半尺闊，兩尺長的小箱子。

那樣的一隻小箱子，是鄭天祿特地買來的，而小箱子的鑰匙，又被秘密地放在銅鎮紙之中，是以可以肯定，那隻小箱子之中，一定放着極其重要的東西！

那老鎖匠自然不知道鄭天祿將那隻小箱子放在什麼地方，那是不必問他的，我們應該問他關於那隻小箱子的特徵。

我和鄭保雲同時想到了這一點，我們也一齊問他。

老鎖匠側頭想了一回：「已經很久了，我記得那是一隻白銅箱子，很重，是要來放很貴重的東西的，它很重。」

我們可以說已經大有收穫了，是以鄭保雲十分高興地道：「多謝你，多謝你！」

老鎖匠告辭而去，我們兩人互望了一眼，可是在那時候，我們兩人面上歡喜的神情，已然消失了。

我們已知道那柄鑰匙，是用來打開一隻銅製的小箱子的。

但是，那小箱子在什麼地方呢？

鄭家的宅第如此之大，鄭天祿只要將那隻小箱子，隨便放在什麼地方，那我們用上幾年的時間，也不一定找得到！

鄭保雲不住地踱着方步，一面踱步，一面說：「他果然有些秘密在，他果然有秘密。」

我只得苦笑道：「我們每個人都有秘密！」

鄭保雲突然站定了身子：「我知道，他的秘密，一定和他的來歷有關。」

我沒有回答，鄭保雲面色蒼白，他忽然走到我面前：「請你告訴我，如果……他真的不是地球人，那我怎麼辦？」

我想了一想，伸手在他的肩頭上拍了幾下：「你還是你，鄭先生。」

鄭保雲苦笑道：「如果人家知道了？」

我搖頭道：「人家不會知道的，令尊的身體構造，大不相同，尚且沒有人注意到他，何況是你？」

鄭保雲直視着我。我知道他的意思，是以道：「如果你不相信我的話，那麼，你只在自尋煩惱，卻不關我的事！」

鄭保雲沒有說什麼，又來回踱了起來，我道：「我們該休息了，那小箱子是白銅的，我想，特種的金屬反應探測儀，對我們要尋找這隻小箱子，怕有些幫助，明天一早，你便吩咐人去準備吧。」

鄭保雲點着頭，他吩咐僕人將我帶到了一間佈置得十分精美的客房之中。

我雖然已十分疲倦了，但是我卻不敢就此酣睡，因為我不知道鄭保雲是不是忽然又改變主意，要在半夜之中來害我！

我只是躺在沙發上，而不是睡在牀上，因為躺在沙發上，比較容易醒些。當然，我很快便睡着了，而我是被一陣敲門聲驚醒的，我睜開眼來，已是陽光滿室了。

我打開了門，敲門的是鄭保雲，他的神情告訴我，他顯然整夜未曾睡過。

他在喘着氣：「找到了，找到了！」

我睡意全消：「箱子中的是什麼？」

「我還未找到箱子，但是，金屬探測儀已測出，在荷花池下有金屬物體在，我已吩咐人將池水抽乾，準備發掘。」

我有些疑惑：「現在是什麼時候了？」

「已是中午了，昨晚我沒有休息，我連夜工作，你知道，我睡不着。」

我忙道：「我們去看看。」

我和他一齊向荷花池走去，抽水機的「達達」聲。震耳欲聾，鄭保雲竟動用了四架抽水機，池水已被抽去了一大半，一二十個人已在齊腰的污泥中工作，一架挖泥車正隆隆地駛過來。

到了下午五時，荷花池底的污泥，已全然清出來，整個荷花池是圓形的，直徑大約是五十尺，池底用白色小方塊瓷磚鋪成。

小瓷磚有些是黑色的，砌出一些扭扭曲曲的花紋來，看來像是圖案，但那卻是十分拙劣的圖案，看了令人只覺得不順眼。

挖泥機開始工作，瓷磚和水泥被鏟去，不一會，便現出了一大塊鐵板來。

那塊鐵板是有五尺見方，而且還有兩個鐵環，顯然可以將之提起來。我和鄭保雲兩人，看到了那樣情形，實在感到意外。

因為我們的目的，只不過是想尋找一隻小小的箱子。但是現在，看來我們是發現了一個秘密的地庫了，鄭保雲望向我，苦笑着，道：「這是怎麼一回事？」

我道：「那自然要等鐵板打了開來，才能知道，或許那是令尊窖藏的黃金，或者是其他的珍寶。」

鄭保雲雙手捧着頭：「可是我不要那些，我根本不要那些！」

負責挖掘工程的工頭，走了過來，向鄭保雲請示下一步的工作，鄭保雲在那工頭講了幾遍之後，才無精打采地吩咐道：「將鐵板吊起來！」

一輛小型的起重車，慢慢地駛了過來，大鐵鈎鈎住了鐵板上面的環，將鐵板扯了起來。鐵板被揭開之後，下面是一個十分大的圓蓋。

那圓蓋像是潛艇的艙蓋一樣，是旋轉的，幾個人又合力將之旋了開來。圓蓋一旋開，我便向下看去，下面是一間約有一百平方呎的小室，在那小室的正中，赫然便是我們要的那隻箱子！

我立時叫道：「鄭保雲，你來看！」

鄭保雲向我奔了過來，他一到我身邊，自然也看到了那隻箱子，他激動得要立時向下跳去，但是小室是丈許來高，像他那樣毫無準備地跳下去，定會受傷，是以我一把拉住了他：「我下去！」

我彎着身子，輕輕地跳了下去，在着地之後，我的身子向上一彈，便已站定，同時，我也提起了那箱子，鄭保雲已然吩咐人準備了長梯，自那圓口處放下來，讓我沿梯爬上去。

我一上去，他便在我的手中，接過了手提箱，那手提箱十分沉重，令得他的身子也側向了一邊，我們不理會其他人，直向鄭保雲的書房走去。

到了他的書房中，鄭保雲將那箱子放在書桌上，取出了鑰匙來。我看到他的左手在發抖着，他甚至於無法將鑰匙插進鎖孔之中！

我也不去幫助他，因為這對鄭保雲來說，是重大之極的大事，我想他一定願意自己去完成它，而不希望有人幫助他的。

足足花了兩分鐘，才聽得「咔」地一聲，他終於打開了鎖，但是他人卻向後退來，坐在沙發上，喘着氣：「麻煩你，將那箱子打開來。」

他臨陣忽然失去了打開箱子的勇氣，這倒頗出乎我意料之外，我略停了一停，走到了書桌之前，那小箱子的箱蓋，也十分笨重，當我打開了箱蓋之後，我立時知道它何以如此之重了，因為整個箱子，幾乎是實心的，箱中只有極少的空間。

而在箱子中所放的，也只是一本小小的記事簿。

我回頭向鄭保雲看了一眼，鄭保雲顫聲問道：「是……是些什麼？」

我將那小簿子拿了起來：「是一本小簿子。」

「看看……其中有什麼記載？」

我將簿子打了開來，只見第一頁上，就用十分清晰的字體寫着：希望這本小簿子不被人發現，如果被人發現了，我希望發現者是我的後代。

我將小簿子送到鄭保雲之前，讓他看那兩句話，鄭保雲接過了那小簿子，手指發着抖，翻到了第二頁。看他的神情，像是不想給我看到，我自然識趣地轉過了頭。我聽到他又翻過了一頁，但仍然沒有叫我過去看，是以我只好踱到了窗前，向窗外看着，過了幾分鐘，我聽到鄭保雲急速的喘息聲，我轉過頭向他看去。

鄭保雲的面色如此難看，在他的額上，汗珠不斷地在滲出來。

看他的樣子，是在全神貫注地看着那本小簿子中記載的一切，但是，我一回過頭去，他便覺察到了，這說明他的神經十分緊張，緊張到了在他周圍，略有一些動靜，他都會吃驚的程度。

他突然抬起頭來，用極其異樣的聲音呼喝道：「你，你瞪住了我作什麼？」

我並不去責怪他，只是立時又轉過頭去，我在那片刻間，甚至想走出書房去，因為在鄭保雲的話中，有着責備我偷窺他的秘密的意思在內。

但是我卻實在想知道那小簿子上所記載的秘密，我想，在他看得稍有頭緒之後，是一定會叫我過去看，是以我耐着性子等着。

當然，我不再轉過頭向他看去，我只是看着窗外，窗外的芭蕉十分綠。

我大約等了五分鐘左右，仍未曾聽到他有什麼表示，我不禁有些不耐煩起來。

而也就在此際，我突然聽到了一陣撕紙的聲音。這使我忍不住了，我立時轉過身去。

而當我轉過身去之後，我更是大吃了一驚，喝道：「你在做什麼？」

我實在無法不吃驚，因為我看到鄭保雲正以極迅速的動作，將那小簿子撕破，向口中塞去，等到我跳到他面前時：他已將小簿子全吞下肚去了，他轉身向外便奔，一面不斷地發出狂笑聲來。

他發瘋了！

我不知道鄭保雲為什麼會瘋的，因為我未曾看到那小簿子上的任何記載，我到瘋人院中去看過他好幾次，想探問出一些什麼來，但是他除了對着我傻笑之外，什麼話也不會説，神經病專家説，最沒有希望的瘋子，就是像鄭保雲那樣的瘋子。

由於我未曾看到那小簿子中記載的東西，是以我不能確定鄭天祿是不是真的不是地球人，我也不知道何以鄭天祿的屍體可以不壞，何以他死了會有「屍變」，何以當那一點液體流出之後，他的屍體就迅速腐爛。

這一切秘密，只有鄭保雲一個人知道。

但是，鄭保雲卻已成了沒有希望的瘋子！

（全文完）

湖水

第一部

借屍還魂

湖水很藍。也很平靜。

那是一個小湖，在一片丘陵地帶之中，丘陵光禿，看來很醜惡，所以更襯托出湖水的秀麗，湖的一邊，滿是浮萍，在幾片大浮萍上，有幾隻才脫了長尾的小青蛙，在跳來跳去。

湖邊有很多人，那是一個假日，有人在湖邊野餐，也有人在湖邊嬉戲，一個年輕的教師，帶着十幾個學生，作郊外旅行。

十一二歲的孩子，幾乎毫無例外地都喜歡捉一些小生物回去飼養，那年輕教師帶領的十幾個學生，恰恰全是這個年齡，他們紛紛踏進了湖水之中，膽子大的，還來到湖水齊腰深，彎着身，摸着湖泥中的魚兒。

他們嬉叫着，互相潑水，有的捉到了青蛙，有的網到了蝌蚪。

其中一個學生，膽子最大，他不停地向前走着，等到湖水來到了他胸前的時候，他突然腳下一滑，整個人都向下沉了下去。

他立時大聲叫嚷了起來，他叫了兩聲，整個人都沉到湖中去了！

湖邊的所有人都慌亂起來，那年輕教師連忙跳進湖中，他是游泳的能手，游到了那孩子出事的地點，潛進水中，將孩子救了起來。

那孩子已經灌飽了湖水，被救到岸上之後，經過了一陣人工呼吸，吐出了水，醒了過來。

旅行當然中止，有人借出了車輛，由那位教師送學生到醫院去，在醫院中經過了醫生的檢查，認為孩子除了受驚之外，並沒有什麼，於是，教師陪伴着孩子回到了家中。

那是一個星期之前的事。

那位年輕的教師，現在，坐在我的對面，向我講述着當日所發生的事，我耐着性子聽。

其實，我的心中已經很不耐煩了。

我並不認識那位教師，而他之所以能來見我，是因為小郭的一個電話，小郭在電話中告訴我，說是有一個人，有一個荒誕得幾乎令人難以相信的故事，要講給我聽，他問我有沒有興趣。

如果真有荒誕透頂的故事，我一定有興趣洗耳恭聽，而且，我還希望故事愈是荒誕愈好。

於是，那位年輕教師就來了，他先自我介紹，他今年二十四歲，名字是江建，職業是教師。

我在才一見到他的時候，看到他的臉上，充滿了一種難以形容的憂慮神色，還以為可以聽到一個很古怪的故事。

可是，他講了半小時，就只講了他如何在那小湖之中將一位遇到意外的學生救了出來。

那實在算不得什麼荒誕的故事，甚至於不能算是故事。

那只是件十分普通的事，如果它的結局，是那個孩子竟然不治身死，那或者還能引起聽者的一陣欷歔。那也不算是什麼大新聞，無知孩童，嬉水喪命的事，常可以在報上見到。

他一面說，一面還望定了我，像是迫切地希望我會有什麼熱烈的反應。但是我卻已老實不客氣地，呵欠連連。當他講了一個段落之後，我又打了一個呵欠：「那很好，你將他救起來了！」

這純粹是一句禮貌上的敷衍話，而他也似乎看出了我對他的叙述，沒有多大的興趣，所以他急忙道：「可是，怪事就來了。」

我勉強忍住了一個呵欠：「請説。」

他直了直身子：「我將王振源——這就是那個學生的名字——救了起來之後。本來已沒有什麼事了，可是，可是——」

我懶洋洋地道：「你應該説到怪事了。」

「是的！是的！」對於我不客氣的催促，這位年輕的教師多少有點尷尬，他連聲答應着，然後道：「在這幾天中，我發現王振源變了。」

「變了？」我多少有點興趣了，「變得怎樣？」

「他變得，唉，我説不上來，但是我是他老師，我教了他三年，我可以察覺到他的變化，我覺得他好像，好像不是王振源。」

我皺着眉，因為我實在不明白他在説些什麼。

但是他卻忽然大聲了起來。他忽然提高了聲音，那表示他講的話，是在鼓足了勇氣之下，講出來的，他道：「衛先生，你相信借屍還魂這樣的事麼？」

我呆了一呆，在那剎那間，我幾乎失聲轟笑！

（一九八六年按，衛斯理的見識，不斷進步，二十年之前他聽到借屍還魂會笑，現在聽便不會笑，而且可以肯定真有那樣的事。）

但是我卻並沒有笑，因為我想到，我剛才還在嫌江建所講的一切太乏味，現在，他忽然提及「借屍還魂」那樣驚險刺激，神秘怪誕兼而有之的事情來，我正應該表示歡迎才是，如何可以去笑他？

但是，我還是要花很大的力量，才能使我自己不笑出聲來。

因為，無論如何，「借屍還魂」這樣的事，經過一個年輕教師的口，用那樣鄭重的態度說出來，總是滑稽的事情。

我緩緩吸了一口氣：「我自然聽過的，世界各國都有樣的傳說，但大都發生在很久以前，你的意思是說，你的學生——」

我講到這裏，略頓了一頓，江建已經急不及待地道：「是的，王振源，他已不再是王振源，我的意思，他在我從湖水中救上來時，已經死了，而我救活的，卻是另一個人，雖然那人是王振源。」

他講得十分混亂，但我卻用心聽着。

這的確是一件十分亂的事，不可能用正常的語言，將之清楚他說出來。

我想了一想，才又道：「我明白了，你救活了王振源但他已變成了另一個人，是有另一個人的靈魂，進入了他的肉體之內，你是不是想那樣說？」

「可以說是！」

「請你肯定答覆我！」我也提高了聲音。

江建嘆了一聲：「我實在很難肯定！」

我有點發怒：「那有什麼難肯定的，如果有他人的靈魂，進入他的肉體之中，那麼，他就不會以為自己是王振源，他會講另一個人的話，他會完全變成另一個人，現在是不是這樣？」

江建搖着頭：「不是！」

借屍還魂，是江建提出來的，而如果真有借屍還魂那樣的事，那麼情形就該如我所說的那樣。雖然，我也根本未曾見過借屍還魂那樣的事（誰見過？），但是一切傳說中的借屍還魂，就是那樣子的，但江建又說不是！

我瞪大了眼，望定了他，他搔着頭：「衛先生，請你替我想一想，我該怎樣說才好……嗯……我該說，他忽然是他自己，忽然不是。」

「什麼意思？」

「我……舉一個例子來說，那天上國文課，我叫他背一段課文，他正在背着，可是才背了幾句，忽然，他用另一種聲音講起話來。」

我聽到這裏，不禁有一種毛髮直豎，遍體生寒的感覺，那的確是一件很可怕的事！

我忙問道：「他說什麼？」

「我不知道，」江建忙加以解釋：「我的意思是，我聽不懂他在講什麼，他的聲音很大，好像是在和人吵架，講的是我聽不懂的一種方言，我的學生中，有一個是湖南人，據他說，那是湖南土語，他只聽得他的祖父說過那種話。」

我呆了半晌，才道：「可有第二個例子？」

「有的，他在英文聽寫的時候，突然寫出了極其流利的英文來，衛先生，我將他的練習簿帶來了，請你看看。」

江建拿出了一本捲成一卷的練習簿，我急不及待地接了過來。一頁一頁地翻着。

第一頁和第二頁，全是很幼稚的筆迹，但是第三頁上，有五行，卻是流利圓熟之極的英文字，如果不是一個常寫英文的人，斷然難以寫得出那樣好的英文字。

而在那五行字之後，又是十分幼稚的筆迹了。

我看了半晌，肯定兩者之間的字雖然不同，但是使用的，卻是同樣的筆，同樣的墨水。

我抬起頭來：「可能那是人家代他寫的。」

江建搖着頭：「不可能，英文聽寫，是在課室中進行的，我當時也沒有注意，到家中改簿的時候，我才發現，這幾行文字，正是我當時唸的，就算早有人代寫，代寫的人，又怎知道我會唸什麼？」

江建的話十分有理，有人代寫這一點，可以說不成立。

我又呆了半晌：「你問過王……王振源？」

「我問過他，我問他這幾行字，是怎麼一回事，他也答不上來。」

「還有什麼怪事？」我又問。

「在學校中沒有了，但是我訪問過他的家長，他的母親說，有一次，半夜，王振源忽然大叫了起來，講的話，他們全聽不懂。但是他們以為王振源是在講夢話，所以未曾在意，還有一次──」

江建講到這裏，面色變了一變。

我忙道：「怎麼樣？」

江建道：「還有一次，在吃飯的時候，他忽然對一碟皮蛋，大感興趣，吃了整整一盤，而在這以前，他從來不吃。而最近的一次是，他忽然翻閱起他父親書架上的一本清人筆記來，看得津津有味。」

江建看到我不出聲，他又道：「這是我目前得到的一些資料。」

我皺着眉：「這件事的確很怪，一個人在受到了驚恐之後，和以前會有不同，但是也決不會不同到忽然會說另一種話，寫另一種字。」

「那是什麼緣故？衛先生，你有答案？」

我呆了片刻，才道：「沒有，我至少得先去認識一下那位小朋友。」

我站了起來：「好，我們現在就去。」

江建的故事，的確是夠荒誕的了，照他的敘述來看，「借屍還魂」這個名詞，顯然是不恰當的，因為王振源的本身還存在，而只不過是另有一個「靈魂」——（假定有靈魂），隨時在他的身上出現。

那應該叫什麼呢？似乎應該叫「鬼上身」，像一些靈媒自稱可以做到的那樣。

自然，現在來猜測，是沒有用的，我必須先見到了王振源再說。

半小時之後，我們已在王振源的家中了。

王振源的家庭，是一個典型的小康之家，他們住在一棟大廈中的一個單位，父親有一份固定的職業，相當不錯的收入，母親是一個很慈祥的中年婦人，而王振源，是他們的獨子。

我們去的時候，王振源的母親，正和另外三位太太在打牌，看到了江建，王太太便站了起來，客氣地道：「江老師。」

江建忙道：「振源呢？」

「他在房間裏，做功課，這位是……」王太太望着我。

「我是江老師的同事。」我撒了個謊。

「兩位請到他的房間去，」王太太替我們打開了房門，房門一打開，我們三個人全呆了一呆。

我看到一個孩子，很瘦削、伏在一張桌上，正在聚精會神地做着一件事，他是在看一本書，那本書很厚、很大，是一本《大英百科全書》。

那樣年紀的孩子，看大英百科全書，不是沒有，但也足令得我們呆上一呆了！

王太太道：「這孩子，近來很用功！」

她提高了聲音叫道：「振源，江老師來了！」

她連叫了兩聲，那孩子才突然轉過頭來，而那時，我也已來到了他的書桌之旁，到了他的書桌之旁，我更加驚訝了。

因為我發現他在看的，是《大英百科全書》中，有關法律的那一部分。一個十一歲的孩子，不應該對那一部分感到興趣，但是王振源卻顯然是十分用心地在看着，因為在其中一段之下，他還特地加上了紅線，而他的手中，也正拿着一支紅筆。

老實說，那一連串英文的法律名詞，我都未必看得懂，可是王振源——當我驚訝得說不出話來時，王振源已經站起來，叫道：「江老師！」江建點了點頭：「你只管坐着，你近來覺得怎樣，不妨老實和老師說。」

王振源睜大了眼睛，顯然他不知道該說什麼才好。我向江建使了個眼色：「王同學，你對法律問題，是不是很有興趣？」

這時候，我已看清，在王振源用紅筆劃出的那一段文字，是解釋謀殺案的證據方面的問題。王振源的眼睛睜得更大，看他的情形，像是對我的問題全然不知所對。

我又指着那本書：「這是你剛在看的書？」王振源搖頭：「不，這是爸爸的書。」

我再指着他手中的紅筆：「可是你正在看，而且，你還用紅筆劃着線！」

王振源搖着頭，像是他完全不知自己做了什麼。

王太太在一旁道：「這孩子近幾天，老拿他爸爸的書來看，問他看什麼，他又不出聲。」

我向王太太笑了一下：「少年人的求知慾強，王太太，你自己去打牌吧，別讓那三位太太久等。」

王太太早想退出，所以我一說，她忙道：「兩位老師請隨便坐！」一面說着，一面已走了出去。

我將房門關上，直視着王振源：「當那天跌進水時，你有什麼感覺？」

王振源聽了我的話，臉上現出了一種奇異的神情來。

王振源並沒有立即回答我的問題，是以我又將同樣的問題，重複問了他一遍，我問的是，當時他跌進水時，心中有什麼感覺。

最怪異的事情就在那時發生了！

當我第二次那樣問王振源之時，王振源的聲音，突然變得十分粗厲，他的嗓門也變得相當大，他道：「我當時想到，那不是意外，是謀殺！」

而令得我遍體生寒的是，他說的那句話，所用的語言，是湘西一帶的山地方言，如果不是我對各地方言都有一定研究的話，我也不一定聽得懂！

江建的臉色變了，他忙問道：「他說什麼？他剛才說的是什麼？」

我好一會出不了聲，因為我的心中，實在太驚駭了。

我只是定定地望着王振源，看王振源的樣子，在那片刻之間，充滿了怨恨，他面上的肌肉，在不斷抽搐着，雙眼之中，射出怨毒之極的光芒。

江建也被王振源的神態嚇呆了，他沒有再問下去，只是和我一樣地瞪視着王振源。

就在我和江建兩人，目瞪口呆之際，王振源突然又用同樣的土話罵了一句難聽之極的粗語，那種粗語，無法宣諸文字。

接着，情形便改變了。

只見王振源臉上的神情，突然變了，他變得和正常的孩子一樣，帶着對他老師的恭敬。

江建想說什麼，但是他還沒有開口，我便已向他作了一個手勢，令他不要出聲，而我則問道，「你剛才說什麼？」

王振源呆了一呆：「我？我沒有說什麼啊！」

我用那種山地的方言逼問：「你說那是謀殺，不是意外，是什麼意思？」

我說這種方言，說得相當生硬，如果王振源會說那種方言，那麼他一定應該懂得我在說些什麼的，可是他卻只是眨着眼，用一種全然莫名其妙的神情望着我。

我沒有再問下去，因為王振源顯然聽不懂我的話，但是，他剛才明明講過那種語言！

我呆了半晌，向江建使了一個眼色：「江老師，我們應該走了！」江建的神色駭異，但是他對我的提議，沒有反對，我們一起站起，王振源有禮貌地送我們出來，王太太在牌桌旁欠了欠身。

當我們來到街上的時候，江建已急不及待地問道：「怎麼樣？」

我皺着眉：「不可思議，像是另一個人的靈魂，進入了他的體內，不時發作，那時，王振源就變成了另一個人！江老師，你相信靈魂？」

江建呆了一呆，自然是一件十分困難的事，但是江建立即反問我：「剛才的情形，你是看到的了？」

我低着頭，向前走着，江建跟在我的身邊，我道：「他剛才用一種很偏僻的方言，說他掉進水中去，不是意外，是謀殺！」

江建呆了一呆：「誰會謀殺他？那純粹是一件意外，我親眼目睹！」

我搖着頭；「我想，王振源用那種語言講出來的意外，是指另一個人，在這個湖中，一定有另一個人淹死過。」

江建站定了身子：「你的意思是，有一個人，被人謀殺了，死在湖水中，而在王振源跌進湖水中去的時候……」我道：「我的設想是那樣。」

江建笑了起來，他笑得十分異樣：「你的設想……請原諒我，那太像包公奇案中的故事了，例如烏盆計那一類的故事。」

我也無可奈何地笑了起來：「你有什麼別的解釋？」

第二部

十六年前的事

江建答不上來，坐了片刻，他才道：「那樣，我想請一個心理醫生，好好地對王振源檢查一下。」

我立即反對：「那樣對孩子不好，我看我們還是分頭去進行的好。我，到警局去追尋那小湖有沒有淹死人的記錄，而你，我供給你一具錄音機，將王振源所說的每一句話，都記錄下來，揀出其中他用那種方言所說的話，來研究事實的真相。」

江建點了點頭：「好，就這樣。」

我們一起回到了我的家中，我將一具錄音機，給了江建，那具錄音機，有無線電錄音設備，將一個小型的錄音器放在王振源的身上，那麼，不論王振源走到何處，只要在七哩的範圍之內，他講的每一句話，都會被我記錄下來。

江建和我分手的時候，我約定他五天之後再見面，我相信在五天之中，我們一定可以錄得王振源所講的很多怪語言了。

江建帶着錄音機離去，我休息了一會，便到警局去查看檔案記錄，警方人員很合作，替我查看歷年來淹死人的記錄，每年淹死的人可真不少，可是，一路查下去，沒有一宗發生在那個小湖中！

等警方人員查完的時候，我的心頭，充滿疑惑，道：「不會吧，應該有一個人是死在那湖中的，唔，他是一個男人，湖南人，大約……三四十歲。」

所謂「大約三四十歲」，這句話連我自己，也一點把握都沒有。

而我之所以如此說，是因為我聽得王振源說那種方言的時候，他的聲音突然變得很粗，那種聲音，聽來像是一個三四十歲的人所發出來的。

那位警官用懷疑的目光望着我：「如果你發現了一宗謀殺犯罪，應到調查科去報告，而不是到我這一部門來。」

我實在沒有法子向那位警官多解釋什麼，我只好忙道：「再麻煩你，請你查一查失蹤的名單，看看是不是有一個和我所說的人相似的？」

警官道：「你說得實在太籠統了！」

我苦笑着，我根本沒有法子作進一步的描述，因為我全然不知道那個附上了王振源身上的靈魂，以前的軀體是什麼樣子的。

而且，靈魂附體，也還只是我的虛幻的假設，天下是不是真有那樣的事，那也只有天曉得了！

我搖着頭：「請你找一找，勉為其難！」

那警官搖了搖頭，但是他還是將我所說的那些，寫在一張卡紙上，交給幾個專理失蹤者的檔案人員，去查這個人。

我耐着性子等着，這一等，足足等了將近三小時，才有三四份檔案卡，遞到了我的面前。

但是，那三四個人，顯然不是我要找的人，他們之中，兩個是婦人，一個是老翁，另一個年紀倒差不多，也是男人，但卻是在一次飛機失事中，被列為失蹤者，他們四個倒全是湖南人。但是湖南的地方很大，他們中沒有一個是湘西人氏。

我嘆了一聲，向那位警官再三道謝，離開了警局，驅車到那小湖邊上去。

那小湖的確很優美，湖邊有不少人在野餐，湖水很清，也有不少人在蕩舟。

我忽然生出一個怪異的念頭來，我想，如果我潛水下去，不知道可能發現什麼？

可是我又立即打消了這個念頭，因為我如果潛水下去，而能夠發現一個靈魂在水中蕩漾的話，那未免太滑稽了！

在天黑的時候，我才回到家中，接下來的幾天中，江建並沒有和我聯絡，一直到約好了的第五天黃昏時分，他才來了。

他攜着一卷錄音帶，一見我，就道：「我已整理了一下，在這五天內，他用那種聽不懂的話，所講的話，加起來約莫可以聽半小時，好像大多數話，都是重複的，我全剪接起來了！」

我忙將江建帶到了我的書房，將錄音帶放在錄音機上，在剎那間，我的心情着實緊張，因為我將聽到一些話，而這些話，我根本不知道是什麼人說的，而且，說這些話的人，應該是早已死去的！

錄音帶轉動着，我先聽到了一連串難聽的罵人話，江建睜大了眼睛，我道：「這個人在罵人，他好像是在罵一個女人，用的詞句，只怕是對一個女人最大的侮辱了，他一定極恨這女人！」

錄音帶繼續轉動，我聽到了幾句比較有條理的話：「別以為我不知道你偷偷摸摸在幹些什麼，你和那賊種，想害我！」接下來，又是一連串罵人話，江建所謂「大多數是重複」的，就是那些刻毒的罵人話了。

然後，忽然又是一聲大叫：「賊婊子，你終究起了殺心，真可恨，我竟遲了一步下手，賊婊子，那戒指是我一年的工資買的。」

我和江建互望了一眼，我將那幾句話，傳譯給江建聽，江建緊皺着眉頭。

接着，那人似乎又和一個人在講話了，他叫嚷着：「什麼，只值那麼一點？」

但是，接下來，又是一連串罵人話，忽然，我直跳了起來，因為我聽到了一句極重要的話！

那句話是：「你們那麼黑心，這家店該遭大火燒，狗入的，我記得你們這家，花花金舖！」

這句話之所以重要，是因為我聽到了一個店名：花花金舖。

那人一定是一個脾氣十分暴烈的人，因為他動不動就罵人，而聽來，像是他用一年的工資，去買了一枚戒指，送給了一個女人，結果，那女人將這枚戒指還給了他，而他到金舖去退回那戒指，可能由於金舖殺價，他就大罵了起來。

而那家金舖，叫花花金舖。

我已經有了第一條線索了，興奮地繼續聽下去。

但是那又是一些很沒有意義的話，大多數是在罵人，感嘆他的倒楣，那人一定是一個生活極不如意的人（如果真有那樣一個人的話），他的牢騷也特別多。

我一直等到耐着性子聽完，江建心急地問我：「你找到了什麼？」

我道：「他曾在一間金舖中，買過一隻戒指，那間金舖，叫花花金舖。」

江建也興奮了起來：「那太好了，我們可以到那家金舖去查一查！」

我拿起了電話簿來，因為我未曾聽說過那家金舖的名字，那一定是一家規模很小的金舖。然而即使規模小，我想也能在電話薄中找到它的。

我用心翻查着，可是，我仔細地找了兩遍，卻仍然找不到那間「花花金舖」！

江建接着我來找，我看他一連找了好幾遍，也是一無所獲，我記起我的父親之中，有一個正是珠寶金行的老前輩，我想他一定會知道那間金舖的，所以我連忙打了一個電話給他。

他在聽了我的問題之後，笑了起來：「還好你問到了我，要是你問到別人，只怕沒有人知道了，你要打聽這間金舖作什麼？」

我忙道：「有一些事，它在哪裏？」

這位老長輩用教訓的口吻道：「聽說你一天到晚，都在弄些稀奇古怪的事，那樣……嗯……不務正業，實在不好，你該好好做一番事業了！」

我的心中暗嘆了一聲，但是我還是很有耐心地聽着，等他一講完，我就連聲答應，然後立即問道：「請你告訴我，那家金舖，在什麼地方！」

這位老人一教訓開了頭，就不肯收科，他在電話中又足足嘮叨了我十五分鐘之久，才想起了我的問題，道：「花花金舖麼？以前，開設在龍如巷。」

「現在呢？」

「什麼現在，早就沒有了，哈。讓我算算……十六年，在十六年前，一場大火將它燒了個清光，好像說有人放火，但也沒有抓到什麼人。」

我再也想不到，我會得到那樣的一個答案！

我呆了片刻，才道：「那麼，金鋪的主人呢？」

「不知道，那是一個小金鋪，老闆好像是湖南人——」

我忙道：「對的，一定是湖南人！」

那位老人家呆了片刻：「你怎麼知道？」

我惟恐他又將問題岔開去，是以忙道：「你別管了，你快告訴我，那老闆怎麼了？」

「那老闆後來，聽説窮途潦倒，在龍如巷中，擺了一個小攤子，賣些假玉什麼的，我也不詳細。」

我苦笑了一下：「謝謝你，改天來拜望你。」

我放下了電話，望着江建：「你聽到了，那間金鋪，在十六年之前被火燒燬了，我想，放火的一定就是那個人！」

江建嘆了一聲：「如果真是有那樣一個人的話。」

我的神情一定非常嚴肅，因為我自己感到面部肌肉的僵硬，我道：「一定有那個人的，如果沒有花花金鋪，又如果花花金鋪現在還在，那麼我或者還會懷疑，但是現在我卻一點也不懷疑！」

江建點着頭：「是啊，王振源今年才十二歲，怎可能在他的口中，講出在十六年前已經毀於火災，根本無人知道的一家小金鋪的名字來？」

他同意了我的話，但是他的神情，仍然很迷惘。

江建道：「照那樣說來，那人也不是最近淹死在湖中的。」

「可能。」

「鬼——如果說真有鬼，難道能存在那麼久，而又附在另一個人的身上？」

我站了起來，我並沒有回答江建的問題，因為我們對於鬼魂，所知實在太少。絕大部分的人，以「科學」的觀點，否定鬼魂（靈魂）的存在。而其實，否定一樣物事的存在，而又未能解釋許多怪異現象，是最不科學的觀點！

一直到現在為止，對於人死後的精神、靈魂等等問題，還沒有系統的科學研究。就算有人在研究，也被排斥在科學的領域之外，而被稱為「玄學」，在那樣的情形下，我有什麼辦法回答江建的問題？

所以，我來回踱了幾步之後道：「這件事，我請你暫時保守秘密。不要對任何人談起，更不要告訴王振源，免得他害怕。」

江建道：「是。那麼，錄音是不是要繼續？」

「當然要，我們還希望獲得更多的線索，而且，還要盡可能觀察王振源的行動！」

江建又和我討論了一些事項，告辭離去。白素在江建離去之後，走進書房來，道：「你們在討論一些什麼啊，我好像聽得有人在不斷罵人！」

我便將發生在王振源身上的事，和白素講了一遍。

白素是女人，女人有很多稀奇古怪的想法，而且堅信着某一些被認為不可信的事。

當白素在聽完了我的敘述之後，她立即下了判斷：「毫無疑問的事是鬼上身，我小時候，見過那樣的例子。」

如果在平時，聽得她那樣說。我一定會譏諷她幾句，但這時，我卻並不說什麼，只是望着她，鼓勵她繼續向下說去。

白素道：「我看到的那次，是我父親的一個手下，他本來好端端地在吸着水煙，忽然大叫大嚷起來，說的全是另一個人的話，說是他被一伙土匪殺了，棄在一個山洞中，而被上身的那人，昨天剛到過那個山洞。父親用狗血噴在他的身上，才止住了他的胡說，也立即派人到那山洞中去察看——」

我打斷了她的話頭，道：「看到了屍體？」

「沒有，什麼也沒有找到，那人的屍體，可能早叫餓狼拖走了，但是，他的鬼魂，卻留在山洞中，有人走進山洞，就附在人的身上！」

我呆了一呆，白素所叙述的那種事，其實一點也不新鮮，幾乎在每一個古老的鄉村中，都可以找到相類似的傳說，我小時候，也聽到過不少。

這種情形，和我現在見到的王振源的情形很相似。

白素又道：「那可憐的孩子，根據古老的傳說，只要用狗血淋頭，就可以驅走鬼魂了！」

我苦笑着：「現在，只怕很難做到這一點，我發覺人愈來愈自欺了，明明有那麼多不可能解釋的現象在，卻偏偏不去解釋它，總而言之曰迷信，曰不科學，以致那些現象，永遠得不到解釋！」

白素道：「那你現在準備怎樣？」

「我？我想到龍如巷去看看，希望我還能找到那金舖的老闆，也希望他能提供我一些，有關當年去買戒指的那人的消息。」

「希望太微了！」白素說。

「是的，但是到現在為止，線索只有這一點。」

白素沒有反對，我離開了家。

龍如巷是一條小巷子，兩旁的建築物也很殘舊，在不遠處，有一個建築地盤，準備興建高達二十層的大廈，正在打樁。

打樁的聲音，震耳欲聾，每一個打樁聲，都令得龍如巷兩旁的房子，產生劇烈的震盪，像是它們可能隨時倒下來。

我走進巷子，兩面觀看着，巷中雖然有不少店鋪，但是卻沒有一家是金舖，巷子並不長，我很快就走到了巷子的另一端。

而當我到了巷子的另一端之後，我高興得幾乎大聲叫了起來！

第三部

過去了的大明星

我看到了一個滿臉皺紋的老者，坐在一張小木凳上，在他的面前，是一隻破舊的籐箱子。籐箱子打開着，裏面是一些玉鐲、玉耳環之類的東西。

那老翁坐在凳上不動，雙眼一點神采也沒有。

我心中暗忖，這老翁，是不是當年花花金舖的主人呢？

我打量了他一會，來到了他面前，他總算覺出我來了，抬起頭向我望了一眼，但是他立即發現，我不會是他的顧客，是以又低下頭去。

而我在他低下頭去之時，蹲了下來，在他的籐箱中，順手撿了兩件玉製品，問道：「這兩件東西，賣多少錢？」

那老者用一種十分異樣的目光望着我：「如果你有心買，二十元吧。」

一聽得他開口，我更加高興，因為在他的口音中，我聽出了濃重的湘西口音，我笑了笑，將二十元交在他的手中：「原來我們是同鄉！」

老翁聽到了我的話，陡地呆了一呆，才道：「是啊，我們的同鄉很少！」

我皺着眉：「我在找一個同鄉，多年之前，他是在這裏開設金舖的，後來，聽說他的金舖被火燒燬了，他也不知道去了哪裏！」

我的話還未曾講完，那老翁就激動了起來。

他抓住了我的手：「你要找的是我，你找我有什麼事？」

我舒了一口氣，我竟找到了以前花花金鋪的主人，現在，我希望他能記得當年來買戒指的那個人。

我道：「噢，原來就是你，我想問一件事，那是很多年之前的事了，你可能不記得了，有一個我們的同鄉，人很粗鹵，動不動就破口罵人——」

那老翁用心聽着，他仰着頭，皺着眉，以致他看來更老了許多。

我略停了停：「你可能想不起了，但是那人曾揚言，說你用低價收回賣給他的戒指，他詛咒你的金鋪被火燒。」

我才講到這裏，那老翁的身子，已不由自主，劇烈地發起抖來，他的喉間發出「咯咯」的聲響，身子搖搖欲倒，我連忙扶住了他。

在那剎間，我心中大是歡喜！

因為看那老翁的這種情形，他分明記得我所說的那個人。

我扶住了他，他的身子仍不斷在發着抖，他揚起手來，喉間不斷發出「咯咯」的聲響。

看他的情形，像是他正拚命想說些什麼，但是卻由於心情激動，是以反倒一句話也說不出來。我連忙伸手，在他的背後，重重拍了一下。

那一拍，令得他吐出了一口濃痰，他接着吸了一口氣，罵道：「是那個王八蛋！」

我忙問：「你想起來了？」

那老翁點着頭道：「怎會忘記？金舖一定就是他放火燒掉的，只不過沒有抓到他，他……實在是一隻畜牲！」

我沒有再問下去，因為我知道，那老翁對這人既然有着如此深切的仇恨，那不必我再問下去，他也一定會滔滔不絕，將那人的事情講出來的。

果然，他喘着氣：「先生，你應該知道牛大角，或者你不知道，你年紀還輕。」

我呆了一呆：「牛大角？那人的名字叫牛大角？」

「不是，他是牛大角手下的軍師，官兵剿山，牛大角死在機槍下，他卻逃了出來。」

我有點明白了，那個牛大角，一定是湘西山區的土匪，而那個人，原來是土匪出身，但他做過軍師，也可能是知識分子。

我忙又問：「他叫什麼名字？他念過書？」「哼，聽說還放過洋，牛大角被官兵剿死，他帶着一大批金銀珠寶逃走，後來又將造孽錢用完了，我遇到他的時候，他已窮愁潦倒，在一艘外洋船上做事，這畜牲，他窮心未退色心又起，居然追求大明星殷殷。」

我陡地一震，殷殷的確是大明星，或者說：「曾是大明星。」她紅透半邊天的時候，是在二十年前，現在，幾乎已沒有什麼人提起她的名字了。

那老翁繼續道：「也不知道他有什麼法道，他和殷殷還同居過一陣。」

「那麼，」我問：「他向你買那枚戒指，就是送給那位大明星的了？」

「我也不清楚，但是，他想兑回那戒指的時候，卻對我大罵殷殷，他自然被殷殷趕了出來，那畜生，我一直幫他忙，怎知他卻放了一把火，燒了我的金舖！」

那老翁說到這裏，身子又發起抖來。

我只好安慰他：「也不一定是他放的火——」

我的話才講到一半，非但起不了安慰的作用，反倒令得那老翁聲嘶力竭地叫了起來：「一定是他，一定是這畜牲！」

他說着，又劇烈地咳起來。

我心中暗嘆着氣，同時也感到十分抱歉，那老翁現在的日子雖然過得苦，但是也很平靜，但是，我卻勾起了他的痛楚。

過了好一會，我才道：「那麼，他叫什麼名字？」

老翁雙手緊緊地握着拳：「他叫年振強。」

我又問了最後一個問題：「他現在在什麼地方，你可知道？」

老翁搖了搖頭，咬牙切齒：「自從金舖被他放火之後，我就未曾再見過他。」

我站了起來，我不忍心再看那老翁那種切齒痛恨，但是卻又根本無能為力的樣子。

我急急穿過了巷子，一直到了巷口，我才停了下來。我的收穫很大，因為我不但知道了那人的來歷和他的姓名，而且還知道了另一個人，那是曾和這人同居過的大明星殷殷。

而更重要的是，我知道了，的確有這個人。

對於這個人以後的事，我知道得比那老翁更清楚，我知道他已經死了，死在一個小湖之中，而且，可能是被人謀殺。

本來，一件謀殺案，在經過了二十年左右的時間，再被一點一滴地揭發出來，也不算是一件什麼特別大不了的怪事。

可是，從我知道有年振強這個人起，整件事情，充滿了怪誕莫名的氣氛，因為，我是在一個十二歲的孩子的口中，知道這件事的，那十二歲的孩子，只不過曾跌進湖水中去而已。

一件已發生了近二十年的案子，要去追查，自然十分困難，兇手也可能早已死了，如果單單是謀殺案，我可能一點興趣也沒有，但是了解年振強這個人，對於發生在那十二歲的小孩，王振源身上的怪異莫名的事，有極大的關係。是以我非查清楚不可！

我繼續向前走去，在那一天接下來的時間中，我從各方面打聽曾是大明星殷殷的地址。

那倒並不必花大多的工夫，因為殷殷過去，畢竟是大紅特紅的明星。

而且，在查到了結果之後，也頗出我的意料之外，殷殷並沒有窮途潦倒，她現在的日子，過得很好，一個在報界服務了近三十年的朋友告訴我，殷殷現在在一個高尚住宅區居住，很少露面，過着和她以前當大明星時，完全相反的平淡生活。

她那種日子，已經過十多年，所以難怪社會已早將她遺忘了。

那位朋友查出了殷殷的地址，我決定第二天，去按址造訪，當晚，我和江建又通了一個電話，將我的調查所得，告訴了他。

江建的聲音，有點發顫，他道：「那麼，真是有鬼魂的了？」

我想了幾秒鐘，才道：「照目前的事實看來，的確有，你要不要和我一起去拜訪那位殷殷女士？」

我想，江建一定是樂於和我一起去的，但是，出乎我的意科之外，江建竟一口拒絕，甚至連考慮也沒有考慮，便道：「我不去。」

我一時之間，想不透他為什麼回絕得如此之快，而江建自己，似乎也感到回絕得太突兀了，是以他忙又解釋道：「我要多加注意王振源，所以……我才不想去了，你一個人也足可勝任。」

我沒有再說什麼，而在那一剎間，我忽然感到，江建似乎正在掩飾着什麼。

但是我又立即拋開了這個想法，因為那是沒有道理的，如果江建是在找尋理由，特地不去見殷殷，那只有一個可能，他認識殷殷，那當然不可能，所以江建自然也不必掩飾什麼。

我放下了電話，當天晚上，我直到深夜才睡，我翻閱了許多有關鬼魂紀錄的書籍。

我對於鬼魂的研究，一向興趣濃厚，是以有關這方面的書籍，我着實收藏得不少。

我讀到了一則記載，是記載着一個英國鄉村的農夫，有一次，忽然用希臘文寫出了一首長達七十四行的詩，被懂得希臘文的神父看到了，神父大為驚奇。

但是那農人不會希臘文，後來，經過那神父的努力，發現那農人用希臘文寫下的那首詩，風格和一位已故希臘詩人，十分近似，於是神父便認定，是那位希臘詩人的鬼魂，附着在那農人的身上是以才會有那樣情形出現。

但是，何以靈魂會遠渡重洋，去附在那農人的身上，寫下了這樣的一首詩，卻也沒有進一步的解釋。

這件事，倒和我如今遇到的事，有很多相同之處，我也可能永遠找不到解釋。

但是我至少也可以將這件事記載下來，我相信人類總有一天，會有能力，解釋「鬼魂」之謎的。

第二天醒來時，已是中午時分，等我吃完早餐，已經是下午一時，而我駕着車，來到殷殷的那所巨宅門外時，又是三十分鐘以後的事了。

那是一棟很華麗的花園洋房，大鐵門旁，掛着一塊銅牌，上面刻着「殷寓」兩個字，我才一下車，便聽到了一陣犬吠聲。

我來到門前，按着門鈴，犬吠聲更劇烈，我從鐵門中打量着修剪整齊的花園，看到兩條大狼狗，直衝了出來，大狼狗後面，跟着一個中年女僕。

那中年女僕來到了鐵門前，臉上一點笑容也沒有，絕沒有半絲歡迎來客的意思。

她的聲音，也是平板而冷淡的，她問道：「找誰？」

我不得不裝出笑臉來：「我是報社來的，想拜訪一下殷殷女士。」

那女僕立即搖頭道：「我們小姐不見客！」

她只講了一句話，便立時轉過身去，顯得絕沒有商量的餘地，我忙大聲叫了起來，我一叫，那女僕未曾轉過身來，倒是那兩頭狼狗，突然反撲了過來，直立着，前爪搭在鐵門上，對我狺狺而吠。

我退了一步，大聲道：「你們小姐不見別人，一定會見我的，我是特別的，絕不是來騷擾她，只不過來向她問幾個問題！」

我叫得十分大聲，那女僕一定是聽到了的，可是她卻仍然繼續向前走着。

我又叫道：「你去告訴你的主人，我是某某先生，介紹來的。」

我說的「某某先生」，就是那位報界的朋友，據他說，殷殷在未曾大紅特紅之時，他曾為殷殷出了不少力，是以抬出他的名頭來，希望能見到那位過去的大明星。

我也不知道那位女僕是不是聽到了我的叫聲，因為她逕自走進了屋中，我只好等在門口，那兩頭狼狗，仍然對我吠叫着。

還好，我等了大約五分鐘，那女僕又走了回來，她叱退了那兩頭狼狗，打開了鐵門：「小姐請你進去，但是她的精神不很好，不希望你逗留太久！」

我忙閃身而進：「我明白，至多不會超過十分鐘，謝謝你！」

那女僕牽着兩頭狼狗，向前走去，我跟在後面，踏上了石級，走進了客廳，一個雍容華貴的中年婦人，正坐在一張沙發上，她向我略點了點頭：「請坐，某先生好麼？好久不見他了！」

我在她的斜對面，坐了下來，那中年婦人，自然就是多年前的大明星了。

我回答了她的問題，她才又問道：「你來，是為了什麼事情？」

我信口雌黃，道：「我正在撰寫一本有關電影發展的書，殷殷小姐是紅透半邊天的大明星，是以我想未請教幾個問題。」

這是一個任何拍過電影的人，都感到興趣的事，所以殷殷笑了笑，道：「請問。」

我胡亂想了一些問題，殷殷聽得很用心，也都回答了我，我假裝用心地在一本筆記本上，記了下來。

十分鐘之後，我又裝着不經意地，問出了我最想知道的問題。

我道：「殷小姐，有一個人，叫年振強，他曾和你很……接近，關於這個人，你——」

我已經盡力不顯露我是專為這個問題而來的了，可是，我的話還未曾講完，殷殷的面色，已經變得十分難看，她站起身來：「對不起，我的身體不很好，醫生要我多多休息，所以……」

她總算十分客氣，未曾直接下逐客令。

在那樣的情形下，我實在是非走不可的了！

但是，我來到這裏，一點也未曾得到我所要知道的事，怎肯離去？

我迅速地轉着念，一面仍然站了起來，然後，我才道：「殷小姐，我提起年振強這個人來，是因為我知道一件事，和他有關，而且牽涉了你在內。」

殷殷冷笑地道：「我不感興趣。」

我忙道：「是！可是我聽說，年振強的一個親人，正準備聘請律師來告你！」

那全是我胡謅出來的。

我之所以要那樣胡謅，是因為我想到，殷殷目前的生活，豐裕而平淡，過那樣生活的人，一定十分怕麻煩，於是我就故意編造一些能令她感到麻煩的事，以便引起她將更多有關年振強的事告訴我。

我那樣講了之後，殷殷果然皺了皺眉：「有那樣的事？」

我忙道：「是的，那個人說，年振強和你在一起的時候，有一筆鉅款，放在你這裏。」

這一點，也是我的猜想。

但是這一個猜想，倒不是我在剎那間想出來，而是早在心中，有所懷疑的事。

因為殷殷過去，雖然曾是大明星，可是她卻受着一家公司的合約控制，收入有限，支出浩大。而她現在的日子卻過得十分好，那一定是她曾有過一筆十分可觀的意外收入，這是原因之一。

原因之二，是我在那老翁的口中，知道年振強來到這個城市時，是帶着土匪頭子的一批財富而來的，而這筆錢，顯然後來，不在年振強的身上。

原因之三，更加明顯了，年振強決不是什麼英俊小生，雖然他的知識程度可能相當高，但是他的行動、出言卻絕不會使女人喜歡他。

而年振強居然曾和殷殷那樣的大明星同居過，那不問可知，殷殷喜歡的，是他的錢。

有以上那三點原因，所以我才大着膽子那樣講。而在我那句話一出口之後，我知道，我的估計，不會離事實太遠！

揭破一件謀殺案

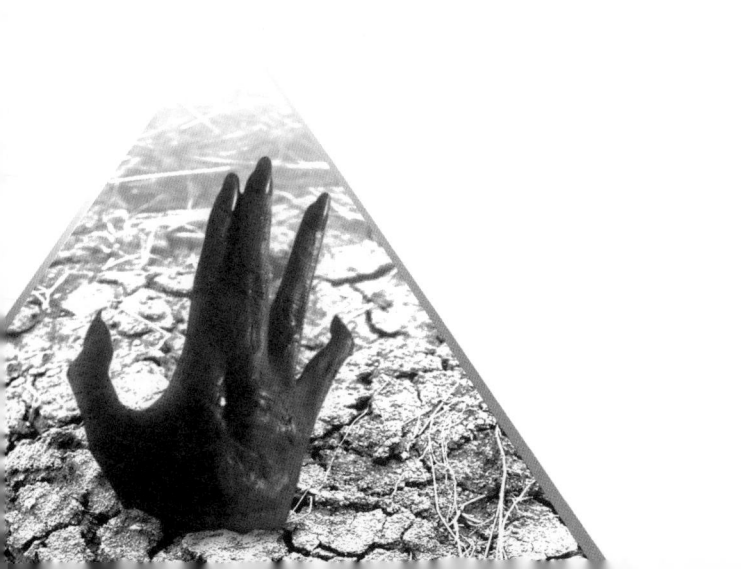

因為我看到，殷殷的面色，在剎那之間，變得極其難看，她甚至於立時轉過頭去，不敢望我，而且她的話，也變得十分生硬。

她道：「哪有這樣的事！」

我又進一步逼問道：「殷小姐，你也是湖南人吧，你知道不知道，年振強原來是湘西大土匪牛大角的軍師，他是帶了牛大角的錢逃走的，我看那個親人，多半是假託的，實際上是年振強以前的土匪同黨。」

殷殷聽了我的話之後，身子又震了一下。

我又道：「如果那人循法律途徑來解決，倒還沒有什麼，因為他不會有證據，怕只怕他土匪的賊性不改，那多少有一點麻煩！」

殷殷突然望定了我：「你怎麼知道得那麼詳細？你認識那個人？」

我倒料不到殷殷忽然會那樣問我，但是我還是立即回答道：「我是新聞記者啊，殷小姐。」

殷殷沒有再說什麼，她只是現出十分疲倦的神態來，揮了揮手。

而我就算再想知道多一點，也是無法再多逗留下去的了，所以我只好道：

「我告辭了，殷小姐，如果我知道事情有進一步的發展，我是不是可以效勞？」

殷殷又望了我片刻，才道：「衛先生，你想不想賺一些外快？」

我呆了一呆，忙道：「你的意思是——」

殷殷道：「那人——你所說的那人，你有沒有法子，將他打發掉？」

我吃了一驚，「打發掉」這三個字，可以包括很多意思在內，甚至包括謀殺！

是以我一時之間，出不了聲，過了片刻，我才道：「殷小姐，我不明白你的意思。」

殷殷勉強笑了一笑，道：「我怕麻煩，而年振強……已經死了，我根本不想見到那人，你該明白了？」

我在那剎那間，心頭怦怦亂跳了起來。

自殷殷的口中，終於講出和年振強有關的事來了，那就是年振強已經死了，殷殷知道他已經死了，這一點，實在相當重要。

因為直到如今為止，別人似乎只知道年振強不知所終，大約只有我和江建兩人，才是肯定知道年振強已經死了的人。

因為，年振強的「靈魂」，附在王振源的身上。

我當時便「哦」地一聲：「原來年振強已經死了，我還想去尋訪他哩！」

殷殷有些焦躁地道：「他早已死了！我委託你去打發那個人，不論你用什麼辦法，只要他不來麻煩我，我就給你報酬！」

那個人，根本是我胡謅出來的。可是殷殷卻立即相信，不但相信，而且，還立即要託我這個陌生人，去打發那個人！

由此可知，她的心中十分焦急，而這種焦急，是由於她的心虛！

她為什麼會那樣心虛呢？自然，最大的可能是，年振強真是有一筆錢在她的手上，而她也知道年振強這筆錢的來源。

可是，我立即又想到，如果真是那樣，她也不必那麼心虛的。因為她既然曾和年振強同居，關係密切，那麼，年振強的錢，也就是她的錢了，何必心虛？

我一步一步想下去，想到了這裏，我的心頭，不禁怦怦亂跳了起來！

而殷殷顯然不知道我在想些什麼。她還等着我的答覆，我好一會不出聲，她才又道：「我的報酬很豐厚，至少等於你一年的薪水！」

可是，我接下來的一句，卻是和她所講的一切，全然不相干的，我突然問道：「殷小姐，年振強是怎麼死的？」

我早已料到，我這個問題，會令得殷殷大受震動的，可是我卻料不到，她受的震動，會如此之甚！

她陡地退了兩步，身子一軟，倒在沙發上，她的神色，變得極其蒼白，她的身子也在微微發抖，過了好一會，她才掙扎出了一句話：「那……我怎知道？」

我嘆了聲：「殷小組，你雖然說不知道，可是你的神態卻告訴我，你知道的！」

殷殷的身子抖得更劇烈，她尖聲叫道：「胡說，我什麼也不知道！」

我冷冷地道：「殷小姐、謀殺是沒有法律追究期限的，雖然事情過了很多年，但是追究起來——」

殷殷不等我講完，就尖叫了起來：「你給我滾！」

我道：「好的，我走，可是我卻會到警局去。」

殷殷一聽到「警局」兩字，立時又軟了下來，她忙道：「那對你並沒有什麼好處，是不是？你想到哪裏去了，你以為我殺了年振強？」

我毫不掩飾地道：「是的。」

殷殷已回復了鎮定，她道：「你當然不會有證據，根本無稽之極！」

我想不到殷殷的態度，忽然之間，會變得那樣鎮定，但是，那卻證明了我的猜想是對的。她，的確是謀殺了年振強！

而她現在之所以如此鎮定，自然是因為她明知我決不可能有什麼證據的緣故。

我冷笑着：「殷小姐，你說得對，我不會有證據，警方可能對於我的投訴，根本不理，但是有一件事，你卻非知道不可！」

我說得十分嚴重，所以令得殷殷立即向我問道：「是什麼事？」

我先道，「就是因為發生了這件事，所以我才知道世上有年振強這個人的！」

然後，我便將王振源如何跌進那個小湖之中，在他救了起來之後，忽然說起湘西的土語來，以及做出一些很奇怪的舉動的整件事，告訴殷殷。

我說得很詳細，也說得很緩慢。

在我開始說的時候，殷殷在不安地走來走去，而當我講到後來時，殷殷坐倒在沙發上，不斷地抹着汗，她看來像是在十分鐘之內，老了十年。

我講完了之後，她的口唇發着抖，一句話也講不出來，只是怔怔地望着我，我真怕她突然昏了過去！

她呆了好一會，忽然用一種異樣的聲音，笑了起來，她一面笑着，一面道：「現在科學如此昌明，衛先生，你還要用鬼故事來嚇我！」

我笑着：「殷小姐，第一、現在的科學還未曾昌明到確實證明鬼的不存在。第二、鬼故事是嚇不倒人的，除非那人做過虧心事！」

殷殷仍然在冒着汗，她不斷抹着汗，但忽然轉了話題：「我明白了，你剛才所說，什麼土匪中有人要找年振強的那筆錢，全是謊言！」

我略感到一些狼狽，但是當我想到，多年前的謀殺案突然被揭發，殷殷一定比我更狼狽時，我也就泰然自若了，我道：「是的，但是現在這件事，卻一點不假。」

殷殷一點也不肯放鬆我：「你已說了一次謊，我怎知道你不會說二次慌！」

這個外表端莊的中年婦人，竟然如此狡猾，那不禁使我的心中，十分憤怒。我立時冷笑着：「殷小姐，我想你當年行事，一定十分機密，只怕沒有什麼人知道年振強是在那小湖中淹死的，我知道你的心中，現在一定極其吃驚，你害怕年振強的靈魂——」

我才講到這裏，殷殷便立時尖聲叫了起來，「滾，滾，你給我滾出去！」她的尖叫聲，引來了那女傭，和一個男僕。

殷殷喘着氣，指着我：「將他提出去，以後再也不准他進屋子來！」

那男僕立時撩拳捋臂，向我走近來。

我冷冷地打量了那男僕一眼，我根本不想和任何人動手，我來這裏的目的已達。雖然殷殷還沒有承認她謀殺年振強，可是事情再清楚也沒有，她承認不承認，又有什麼關係？

而且，就算她在我的面前認了，在法庭上一樣可以反悔，而我則提不出任何證據來。再說，殺人自然犯罪，但是年振強那樣的歹人，死了又算什麼？

所以我不打算再逗留下去，我向那男僕笑了笑：「不必動手，我走了！」天下就有那種人，我自己說要走了，那傢伙竟然以為我好欺侮，伸手向我的肩頭上推來，這一推，推得我無名火起，一翻手，抓住了他的手腕，用力一摔，將他摔得向後，跌出了好幾呎去！

他倒在地上，一時之間爬不起身來，我已大踏步地向外走了出去。

我出了門口，上了車，這件事，在查訪年振強這個人上，可以說已告一段落，因為我無法再繼續向下查究下去，我已知道年振強死了，是被以前的大明星殷殷在那湖中謀殺的。

如果有足夠的證據，那麼這自然是一件轟動的大新聞。

可是，我卻什麼證據也沒有。

當我駕着車離去之際，我也知道，殷殷以後的日子，絕不會好過，試想，她殺了一個人，在十年之後，那人的「靈魂」，突然附在一個小童的身上，她絕不可能對這件事無動於衷。

而我和江建兩人要做的事，自然不再是調查年振強這個人，而是要研究年振強的「靈魂」，如果會在湖水之中「存在」如此之久，又如何會「附」在王振源的身上，那是一件怪事，我們的研究，可能一點結果也沒有，但還是非研究不可。

我駕車照着江建給我的地址去找他，他還沒有回來，他的房東，請我等一等。

我等了大約二十分鐘，江建就回來。

江建像是想不到我會來找他，所以看到了我，略怔了一怔。

他將我帶進了他的房間之中，急急忙忙地道：「你去看了殷殷，結果怎樣？」

我沉聲道：「年振強的確是被謀殺的，而兇手就是殷殷，年振強好像還有一筆錢，自然，那筆錢也落在殷殷的手中了！」

江建顯得很興奮，他在房間中走來走去：「原來是那樣，她自己承認了？」

「她沒有承認，但是我可以肯定！」

我將我和殷殷談話的經過，從頭至尾，向江建講了一遍，江建用心地聽着：「衛先生，你果然了不起，十多年的懸案，被你解決了！」

我皺了皺眉：「江老師，這件懸案，我一點興趣也沒有，重要的只不過是我們證明了有年振強這個人，而且他的確是死在湖水中的。」

江建道：「是的，已證明了這一點。」

「可是為什麼會有那樣的情形？」我說，「我們還得進一步研究！」

江建呆了半晌：「可是我們從何研究起？我們簡直什麼也捉摸不到！」

我道：「自然從王振源着手，他今天還有什麼奇特的表現？」

江建搖頭道：「沒有，他已完全正常了，而且，一天沒有用那種怪言語說話。」

聽得江建那樣說，我真感到十分失望，因為如果年振強的「靈魂」消失了的話，那麼我可以研究的資料，更加少得可憐了！

我只好道：「請你繼續留意王振源的情形，我準備多搜集一些資料，到英國去走一遭，那裏有一個學會，是專門研究鬼魂的。」

江建答應着，我們又閒談了一會，我就告辭離去。現在，除了等待再進一步的資料來供我研究之外，沒有什麼別的事可做了。

我等了三天。

在這三天中，我每天都和江建通電話，但是江建的回答只是：王振源並沒有異樣表現。

我愈來愈是失望，因為根據現有的那些資料，除了可以確實證明年振強的「鬼魂」曾附在王振源的身上之外，無從作進一步研究。

我趁夜晚的空閒時間，着手寫一篇有關整件事的記述，準備送到一本靈魂學雜誌上去發表。可是到了第四天早上，事情突然有了意外的發展。

那天早上，我一打開報紙，就看到一項大標題：紅星殷殷在香閨暴斃！

另外還有兩行十分奪目的副題：醫官證實死於極度恐怖，男女僕人頻聞呼鬼之聲。

我急急地去看新聞內容：「十多年前，風靡一代的紅星殷殷，息影多年，深居簡出，昨晚午夜，被發現死於居所。在死前，男女僕人，均曾聽到她連聲尖呼，然後聲音寂然，僕人曾隔門相詢，答以無事，但女僕在凌晨時分，又聽到慘叫聲，破門而入，殷殷已奄奄一息，臨死之前，猶頻頻呼鬼！」

接下來，便是記者訪問男女僕人的記錄，和那男女僕人的照片。

連我也在新聞之中，因為那男僕顯然記得我，他向記者說出，有一個姓衛的怪訪客，在三天之前，曾經來訪，結果是給他主人下令趕出。

我看完了整版新聞，不禁呆住了，作聲不得。

年振強的鬼魂，竟去殺了殷殷，報了仇！

那實在令人難以相信，但卻又是活生生的事實，令人無法不相信！

我呆了好一會，又看了其他幾張報紙，記載的都大同小異，我立時又想到，電台上可能有訪問那男女僕人的錄音，所以我忙扭着了收音機。

我守在收音機旁，等了大半小時，果然有訪問的錄音播放，先是記者訪問醫官：「請問死者是因為什麼原因致死的？」

「初步檢查，是受了極度的驚恐，引致心臟病發作而死的，詳細的結果，還要等進一步剖驗。」

「醫官先生，你認為是不是可能，她是被一個鬼魂嚇死的？」

醫官的回答是：「請原諒，那不是我的工作範圍。」

接着，又訪問那女僕，那女僕的聲音，聽來很尖利，她道：「我們聽到她的尖叫聲，好像她看到了……什麼，後來，我們隔着門問她，她說是做噩夢，後來又聽得她慘叫，我們撞了進去，她已經身子發抖，只會說，鬼啊，鬼啊，醫生來了，不知怎樣，就死了。」

記者問：「你相信有鬼？」

女僕的聲音更尖：「不管有沒有，我今天就要搬走了。」

那男僕所講的，和女僕講的差不了多少。

然後，記者又訪問一位警官，問及是不是有謀殺的迹象，那警官說：「現場一點也沒有掙扎糾纏的痕迹，但是有一扇門開着，而且，發現兩頭狼狗，在事先被人毒死，這是可疑之處。」

「是不是兇手扮鬼來行兇呢？」

「可能，但是我們至今為止，還不能斷定那是什麼性質的案件，有可能是蓄意謀殺，也有可能是鼠輩摸入屋行竊，被事主發覺。」

「醫官説，死者是死於自然原因的。」

那警官説：「使人受到極大的驚恐，而導致死亡，雖然不必使用任何兇器，但是在法律上，也當作謀殺！」

記者又追問道：「那麼，你的意思是，有人令得死者感到極度的恐懼？」

警官對這個問題，想了片刻，並沒有正面回答：「那是我們的推測，事實上，一個人是絕少可能自己嚇自己，嚇到那一地步的。」

記者仍然追問不休：「警官先生，你認為死者在臨死之前，頻頻説着『鬼』字是什麼意思！」

警官答道：「人在極度的驚恐中，很容易胡言亂語。記者先生，你不見得認為死者是被鬼嚇死的吧！」

那記者多少有點狼狽，他連忙道：「謝謝你接受我的訪問。」

那一次訪問，就在那樣的情形下結束了。

接下來，便是記者對死者殷殷居住的房子，內部和外部情形的描述，他描述得十分詳細，並且從那扇打開了的窗子望下去，說就在窗子的旁邊，有着一條水管，如果由那水管攀上來，可以到達死者的臥室。

我聽到這裏，便熄了收音機。

因為我知道鬼魂是不必爬什麼水管的，鬼魂甚至不必弄開窗子，就可以飄然進屋——雖然我未曾見過鬼魂，但是至少所有有關鬼魂的傳說，都是那樣的。

我苦笑了一下，那一定是一件無頭案子，鬼魂嚇死了一個人，警方再能幹，又有什麼辦法查得出來？

第五部

誰是兇手

我呆了半晌，撥了一個電話到江建的學校，找到了江建，我第一句話就問道：「你看過今天的報紙了？那件兇案，你有什麼意見？」

「我想那真是年振強的鬼魂幹的。」

「你也相信鬼魂了。」

「除了承認鬼魂的存在之外，沒有什麼別的辦法可以解釋！」

我苦笑着：「王振源怎麼了？有沒有什麼奇特的新表現？」

「沒有，他好像完全恢復正常了。」

在江建那裏，我問不出什麼，於是，我和他說着再見，放下了電話。

本來，這件事情，可以說已經過去了，年振強的鬼魂，絕不會來找我，因為那可以說是一件和我無關的事。而且，年振強的靈魂，似乎也已經遠離開王振源，我也不必再為這孩子擔心什麼。

可是，我總感到整件事，還有一些疑點。

然而我卻只是感到這一點，一點也說不出究竟我是在懷疑什麼。

直到第二大，我的懷疑更濃。

第二天的報上，仍然是這件奇異死亡的消息，消息報道了死者的經濟情形，死者竟一無所有，只剩下極少數的現款。

但是那女傭，卻力證死者有鉅量的現款，和大量的首飾，放在她臥室的一個秘密保險櫃之中，當警方人員打開那保險櫃之際，卻是空的。

於是，就有人揣測，死者是由於經濟拮据而自殺的，而警方仍然一點頭緒也沒有。

我看完了那些新聞，掩上了報紙，我的腦中思緒十分亂，有許多許多想法，在我腦中團團打着轉，我已經想到了一些，但是卻捕捉不到頭緒。

我開始懷疑起那是不是真是鬼魂的行為。

鬼魂去報仇，會將保險箱中的一切全帶走？自然不會！

而我根本不考慮死者經濟拮据這一點，因為在她死前，我曾去見過她。我對於自己的觀察力，多少還有一點信心，我一點也看不出她有何經濟拮据之處。

那麼，這件事是人幹的。

我多少有點頭緒，而且，我也突然想到了我最早起了懷疑的一點，那是因為太巧了，年振強的鬼魂為什麼不遲不早，恰好在我拜訪了死者，肯定年振強是死在殷殷之手之後，才去找殷殷報仇？

而且，我又立即想起了我懷疑的第二點，年振強鬼魂的存在，是要通過另一個人的身體而表現出來的，就算承認了鬼魂的存在，也不可能有年振強形象的出現，既然沒有年振強形象的出現，何以殷殷會叫嚷有「鬼」呢？殷殷一定曾看到了什麼，她看到的，自然是年振強，所以才會嚇成那樣。

警方說臥室中一點沒有掙扎的痕迹，而保險箱中的東西卻不見了，自然是殷殷一看到了年振強，心中發虛，自願獻出來的。

而年振強早已死了，即使承認鬼魂的存在，他的鬼魂也不可能形成一個形象，出現在殷殷面前。

當我想到這一點的時候，我本來是坐着的，但是卻直跳了起來！

我找到問題的焦點了！

那便是：有人知道了殷殷心理上的弱點，所以扮成了年振強，出現在殷殷的面前。而那人的目的，當然是為了那一大筆現款和首飾。

這個人，不但知道殷殷心理上的弱點，知道殷殷曾謀殺過年振強，而且還知道年振強有一筆可觀的錢財，留在殷殷那裏！

當我想到了這一點時，我整個人僵立着，因為適合這個條件的人，似乎就是我！

我知道年振強有錢留在殷殷處，知道殷殷殺了年振強，我最可能成為假扮年振強，嚇死了殷殷的人。但是我卻可以肯定我自己未曾做過，我甚至絕不懷疑我有可能在夢遊病中做過那樣的事。

那麼，除了我之外，還有什麼人呢？

江建！

我突然想起了江建的名字，我知道的，他也全知道，是我，就一定是他！

我又坐了下來，再度感到紊亂，江建，整件事，全部從他那裏來的，如果不是他告訴我有那件奇事，我根本不會認識王振源，也不知道世上有年振強這個人！

而且，我也想起，當我想和江建一起去見殷殷時，他的神態十分特別，那是為什麼？為什麼他不去見殷殷？

我並沒有想了多久，就有了頭緒。

江建現在在學校，但是我卻趕到他的家中去，我匆匆出了門，來到他家門口，按了鈴，他的房東認識我，開門讓我進去。

我表示我是和江建約好了的，在他的房間中等他。可是房東卻道：「江老師一定忘記了，他這兩天，都鎖住了房門！」

我心中一動：「他以前是不鎖的？」

「是啊，從來不鎖，」房東回答：「我可以替他打掃房間。」

我取出了一串鑰匙來：「不要緊，他記得房間是鎖着的，所以他給了我鑰匙。」

江建自然沒有給我任何鑰匙，但是我卻有三柄百合匙，要打開江建房門的那種鎖，實在太容易了。

房東也沒有疑心，我輕而易舉，用百合匙打開了房門，走了進去，我將門關上，江建的房間很凌亂，他寧願不要房東收拾房間，而要將門鎖上，自然有原因，那原因只可能有一個：就是在他的房間中，突然多了一些不想被人家看到的東西。

我開始在他的房間中搜索起來，不到十分鐘，我就在衣櫥的下面，拉出了一隻沉重的箱子，一打開那隻箱子，當我提起了上面的幾件衣服之後，我不由自主，吸進了一口氣。

箱子裏全是鈔票，而且，全是大額的鈔票。

看來，當年年振強帶來的財富，真還不少，經過了那麼多年的花用，還有那麼多餘下來！

我又在箱了中找到了一包首飾，然後，我合上箱蓋，將箱子放在原來的地方。

我打了一個電話給江建，告訴他，我在他的家中等他，有一點要事和他商量，請他立時回來。

江建在半小時之後，衝進了房間來，他的面色十分難看，瞪着我：「你是怎麼進來的？」

我笑了笑：「打開門，我自然進來了！」

他迅速地向衣櫥看了一眼，我又道：「不必看了，我已經搜出了一切，只不過我又照原來的情形放好了它，江建，你是年振強的什麼人？」

我那個問題，是如此突兀，令得江建的臉，在剎那之間，成了死灰色，他身子發着抖，道：「你……你怎麼知道的？」

「那是我的猜想。」我回答。

那的確是我的猜想，而且我還沒有足夠的證據來證實我的猜想，我只不過是懷疑而已。

我懷疑江建和年振強有關係的起點，是因為他不肯和我一起去見殷殷。而當我發現了那一箱鈔票之際。我更知道了扮成年振強去嚇殷殷的就是他。

那就引起了我進一步的思疑，殷殷竟然被他假扮的年振強嚇死，那他一定扮得十分之像，而如果他不是熟悉年振強的話，怎可能扮得像年振強？在我來說，我就不知道年振強是什麼樣子！

所以，我才突然那樣問了江建一句，而江建的反問，已表示我的猜測沒有錯！

江建的面色，變得十分蒼白，他的身子，也在微微發着抖，他無助地垂着手，口唇哆嗦着，可是卻又一句話也講不出來。

我望了一會：「慢慢來，別急，將你要說的話，慢慢說出來。」

江建的臉色，由白而紅，他突然脹紅了臉叫：「我沒有殺死她，她是自己嚇死的，那完全不關我的事！」

我搖了搖頭：「你對我那樣說，一點用處也沒有，法官和陪審員是不是會接受你那樣的解釋，大有疑問。」

他的臉色又變得蒼白：「你……要將我交給警局？你……不會吧。」

我攤開雙手：「還有什麼辦法？」

他突然拉住了我的手臂，用力搖着：「她是一個殺人兇手，她是謀財害命的兇手，你知道，那是你告訴我的。」

我點了點頭：「是——」

可是我根本沒有再說下去的機會，他又急急地道：「而我只不過假扮了被她害死的人，去索回被她謀去的財物，她一見了我，就自願將所有的財物都給我，她自己打開保險箱，然後，我離去，她死了，那樣，難道我也有罪？」

我對法律不是十分在行，江建的那種情形，是不是有罪，我自然難以回答。

我呆了半晌，又將問題回到最初的時候來：「你是年振強的什麼人？」

江建頹然坐了下來，他低着頭，用沉緩的聲音道，「他是我的叔叔。」

我望着他，在聽到了他那樣的回答之後，我的心中，不禁升起了一股極度的憤怒，那種怒意，任何人發覺自己被人玩弄之後，都會產生。

江建是年振強的侄子，那麼，他自然也是湘西人，他完全懂得那種土語，可是他卻裝得完全聽不懂得那種話，來戲弄我！

我更進一步想到，自始至終，整件事，都是他安排的圈套！

我惡狠狠地盯着他：「江建，你是一個卑劣的騙徒，大卑劣了！」

江建不敢抬起頭來，他頭壓得更低：「請原諒我，我只不過想明白我叔叔究竟是怎樣死的，當時，我實在太年幼了。」

我厲聲道：「什麼意思？」

江建道：「當我叔叔和那女明星同居的時候，我也寄居在她家裏。」

江建道：「有一天，他們出去時，說是到那個小湖去玩，可是我叔叔卻沒有回來，她只告訴我，我叔叔已在湖中淹死了！」

我難過得講不出話來，我自然不是為了年振強的死而難過，我是難過我自己，竟如此輕而易舉，就被人愚弄了一大場。

整件事，全是江建的圈套！

江建總算再抬起頭來，向我望了一眼，但是他一看到我滿面怒容的樣子，立時又低下頭去。

他繼續道：「當晚，她就將我趕了出來。除了叔叔之外，我一個親人也沒有，我只好去做小叫化子，後來總算有人肯收留我做學徒，我自己再發奮讀書，總算未曾被社會吞沒。」

我仍然不出聲，江建苦笑道：「像我那樣的情形，在我長大了之後，我想調查我叔叔當年的死因，不是自然而然的事麼？」

我冷冷地道：「說下去！」

江建嘆了一聲：「我久聞你的大名，我又沒有錢去請私家偵探調查這件事，而且，事情相隔得太久遠了，普通人未必調查得出，我想，只有利用一件稀奇古怪的事，才能引起你調查的興趣！」

我冷冷地道：「於是，你就製造了王振源跌進湖水去的那個故事。」

「不，不，王振源真是跌進了湖水之中，我在將他救了起來之後，才突然有了靈感，我知道當年我叔叔淹死的小湖，就是那一個，所以我才教王振源做一些古怪的行動，叫他講幾句那種難懂的土語，假作是靈魂附體，要你去調查這件事。」

我感到了一陣昏眩！

原來王振源的怪異舉動，自他口中講出來的湘西土語，全是江建教他的！

而我卻還一本正經，在研究靈魂的存在，已經寫好了大綱，準備寫一篇詳詳細細的文章，送到一個專門研究靈魂存在與否的雜誌上去發表！

大約由於我的面色十分難看，所以江建雙手搖着，好像想阻擋我去打他一樣。

過了好一會，我才道，「那麼，那卷錄音帶上的話，也全是你自己說的了。」

「是……的，我只記得叔叔本來很有錢，可是他的錢，突然間不知道到什麼地方去了，那天他怒氣沖沖回來，大罵那金鋪，又大罵那個女人，我恰好走到他的身邊，他還重重打了我一巴掌，所以我記得十分清楚。」

我慢慢地站了起來，突然一轉身，重重擊在一張書桌上，令得桌面的東西，全都震得跳了起來，江建嚇得瞪大了眼，我道：「江建，你利用我去調查年振強的死因，既然知道了結果，為什麼不報警？」

江建結結巴巴地道：「報警沒有用，因為事情過去太久了，我在你那裏，確實知道了我叔叔是被謀殺的，花了三天時間準備，化裝成我叔叔的模樣，半夜偷進了她的臥房之中，她一看到，就幾乎昏了過去！」

我冷笑着，江建急急忙忙地為他自己辯白：「我就問她，吞沒了的錢在哪裏，她自動打開保險箱，將一切都搬了出來，還求我饒她，我根本沒有再做什麼，帶着錢就走，直到第二天看報紙，才知道她已經死了，她是被自己當年的虧心事嚇死的！」

我又是半晌不出聲。

我有理由相信江建的話，殷殷不是江建殺死的，因為當男女僕人衝進房去的時候，殷殷還沒有斷氣，她還在不斷地叫着：「鬼！鬼！鬼！」

後來，自然是因為她驚恐過度，心臟不勝負荷，所以才死了。

江建的話，也不無道理，殷殷如果不是當年做了虧心事，她不會死。

年振強是一個土匪頭，他死有餘辜，殷殷是一個謀殺犯，也死不足惜。

江建可說無辜，雖然他從頭至尾在利用我，但是他如果被控謀殺的話，那麼他這一生就完結了。

我在他的房間中，踱來踱去。

江建一直望着我，我心中固然恨他，但是卻也不想毀了他。

江建看到我不出聲，他苦笑了一下：「衛先生，如果你一定要將我交給警方，那麼，我對你還有一個要求，請你在法庭上，將你的調查所得，殷殷當年是如何謀殺年振強的事講出來。」

我道：「就算我講了出來。你一樣有罪！」

江建苦笑着：「那總比較好些，事實上，我的罪名只不過私自入屋而已，如果不是她殺了年振強，看到假扮的年振強，何必害怕？」

我又呆了半晌，才道：「那筆錢，你準備要來，作什麼用途？」

江建黯然道：「本來，我準備用那筆錢，來建造一所貧民中學，因為我絕不能忘記我自己讀中學時，那種困苦的情形。現在，自然不能達到這目的了。」

我嘆了一聲，在那剎間，我改變了主意，我伸手在他的肩頭上拍了拍：「好。去實現你的志願吧，我們算是從來也不相識的好了！」

江建陡地抬起頭來，望住了我，張大了口，一句話也講不出來。

而我連望也不向他多望一眼，拉開門，就向外走去，我出了那棟屋子，急速地向前走着。

我之所以突然改變了主意，道理實在很簡單，正如江建所言，他在法律上所難以洗脱的罪，其實只是私自入屋而已。

至於一個狡猾的殺人犯，因為他的出現而嚇死。那豈是他的的責任？那狡猾的殺人犯，已經活得太久了！

而還有一點很主要的，是我深信江建真的會用那筆錢去建造一所貧民中學，這總也是一件好事。是不？

陽光照射着我的眼，使我的眼睛，有些刺痛，我低着頭，向前疾走着。

整件事，好像是一個偵探故事，而並沒有什麼科學幻想成分，面對於靈魂的存在與否，一點結論也沒有，實在抱歉得很。

但是，記述這個故事，也不是全無意義的。

這個故事和大多數與鬼有關的事相類，以發現鬼作祟為開始，但是在經過了深入的調查之後，卻發現作祟的不是鬼，而是人。

正因為那一類的事很多，所以有很多人就認為，鬼是不存在的，根本沒有靈魂，就算有鬼魂，鬼魂也不能做出任何事來等等。

這種結論，自然不對，除非所有有關鬼魂的事，都經查明由人作怪，那才可以得出如此的結論，可是事實上，並不如此，有很多有名的鬼魂活動的記載，都證明並不是人在作怪，而的的確確，是由一種不知何來，無影無蹤的力量造成，這種力量，由於人類對之還一無所知，稱之曰「鬼魂」，不亦宜乎？

對於鬼魂的傳說，古今中外，都盛傳不衰，如果實際並不存在，而能被傳說如此之久，那倒也真是一件怪事了。

或者有人問，既然你堅信「鬼魂」的存在，那麼，為什麼不寫一個鬼魂的故事，而寫了一個偵探故事呢？我只好苦笑，因為人類科學太淺薄了，淺薄到了對「鬼魂」可稱一無所知的地步，淺薄到了想幻想一下，「鬼魂」究竟是什麼東西的最起碼根據也沒有！

但是，見過鬼的人卻着實不少，包括我自己在內，其中有些是不可靠的，有些是可靠的，有機會時，當選擇其中可靠的幾則，記述出來，頗有趣味。

當然，那是日後的事了。

（全文完）

衛斯理小說典藏版　46

屍變

作　　者：衛斯理（倪匡）
責任編輯：黎倩雲　常嘉寧
封面設計：李錦興
出　　版：明窗出版社
發　　行：明報出版社有限公司
香港柴灣嘉業街18號
明報工業中心A座15樓
電　　話：2595 3215
傳　　真：2898 2646
網　　址：https://books.mingpao.com/
電子郵箱：mpp@mingpao.com
版　　次：二〇二二年七月初版
二〇二三年六月第二版
I S B N：978-988-8688-93-7
承　　印：美雅印刷製本有限公司